Das Buch

»Pardon, ich habe nachgedacht, Madame, ein wenig über Liebe, ein wenig über Frauen.« 1964 erschien dieser erotische Roman, in dem sich Peter Härtling, nach dem Muster einer musikalischen Suite und am Beispiel einer historischen Person, des Dichters Nikolaus Lenau, mit dem Thema Zeit, der Erinnerung und dem Stillstand der Zeit, auseinandersetzt. »Solche Erfahrungen, Lehren und Einsichten«, schrieb Helmut M. Braem in der ›Stuttgarter Zeitung‹, »gehören zum Köstlichsten, Heitersten und Geistreichsten der deutschen Nachkriegsliteratur, die bisher den Eroten immer ängstlich den Rücken gekehrt hat.«

Der Autor

Peter Härtling, geboren am 13. November 1933 in Chemnitz, Gymnasium in Nürtingen bis 1952. Danach journalistische Tätigkeit; von 1955 bis 1962 Redakteur bei der ›Deutschen Zeitung‹, von 1962 bis 1970 Mitherausgeber der Zeitschrift ›Der Monat‹, von 1967 bis 1968 Cheflektor und danach bis Ende 1973 Geschäftsführer des S. Fischer Verlages. Seit Anfang 1974 freier Schriftsteller.

W0172267

Peter Härtling:
Niembsch
oder Der Stillstand
Eine Suite

Deutscher
Taschenbuch
Verlag

Von Peter Härtling außerdem erschienen:
Nachgetragene Liebe (11827)
Hölderlin (11828)
Ein Abend, eine Nacht, ein Morgen (11837)
Eine Frau (SL 61435)
Zwettl (SL 61447)
Die dreifache Maria (SL 61476)
Das Windrad (SL 61599)
Der spanische Soldat (SL 61600)
Hubert (SL 61663)
Janek (SL 61696)
Felix Guttmann (SL 61795)
Die Gedichte (SL 61826)
»Wer vorausschreibt, hat zurückgedacht« (SL 61848)
Waiblingers Augen (SL 61886)
Der Wanderer (SL 61964)
Brief an meine Kinder (SL 71015)
Das war der Hirbel (dtv junior 7321)

Sammlung Luchterhand im dtv
Ungekürzte Ausgabe
Januar 1994
Deutscher Taschenbuch Verlag GmbH & Co. KG,
München
© 1975, 1989 Luchterhand Literaturverlag, Hamburg
Erstveröffentlichung 1964
Gestaltungskonzept: Max Bartholl, Christoph Krämer
Satz: Otto Gutfreund GmbH, Darmstadt
Druck und Bindung: C. H. Beck'sche Buchdruckerei,
Nördlingen
Printed in Germany · ISBN 3-423-11835-6

Präludium

Rondo

Gigue

Menuett-Gavotte

Allemande

Bourrée

Sarabande

Burlesca-Air

Wiederholung und Erinnerung sind dieselbe Bewegung, nur in entgegengesetzter Richtung. Denn was da erinnert wird, ist gewesen, wird nach rückwärts wiederholt, wohingegen die eigentliche Wiederholung nach vorwärts erinnert wird.

SÖREN KIERKEGAARD

Präludium

Am 22. Juli 1833 kehrte Nikolaus von Niembsch, von seiner Mutter wie von seinen Freunden Nikosch gerufen, auf dem Schiff Atalanta aus Amerika zurück. Die Überfahrt war ereignislos gewesen, ein Band von grauem Nichts, eine Erinnerungsblende. Ihm angeschlossen hatte sich, die langen Tage auf dem Meer keineswegs verkürzend, der junge Anselm Schlorer, ferner bemühte sich eine Engländerin um ihn, die ihren Bekannten gegenüber behauptete, Niembsch sei eine europäische Zelebrität, ein Poet magyarischer Herkunft (ein Hunne, erläuterte sie), doch sie hatte keines seiner Gedichte gelesen, obwohl einige in englischer Übersetzung erschienen waren; die anämische wie exaltierte Dame fand ihn heruntergekommen, allerdings nicht ohne Charme, und daß er ihr »seelisch mitgenommen« vorkam, zog sie an. Niembsch hatte sie mehrfach abgewiesen, ihr Lächeln (er saß während der Mahlzeiten am Nebentisch) nicht erwidert; er reagierte ohnehin kaum auf Anreden, selten zeigte er verhangenes Interesse, beispielsweise als der Kapitän, um vor den Leuten aufzutrumpfen, schilderte, wie er, es sei vor den Falkland-Inseln gewesen, vor einigen Jahren, bei einer Kollision im Nebel, fast ertrunken sei, den Tod im kalten Wasser schon »gefühlt« habe; Niembsch erkundigte sich eindringlich nach jenem »Gefühl«, der Kapitän vermochte nicht zu präzisieren, »ein Gefühl eben!« und wurde ärgerlich, wonach Niembsch schwieg und sein deutlich verquollenes Gesicht in stumpfer Abwesenheit sich verschloß.

Manchmal schwärmte Niembsch von seinem amerikanischen Aufenthalt, zeichnete die ungeheuren Geier, die seine Schläfen mit ihren Schwingen geschlagen hätten, und dann diese Kaskade, die kein Ende nähme, man verliere sich im Wasserstaub, genannt Niagara Falls, er sei kaum fähig, Atem zu holen: Sehen Sie mich doch an! noch immer seufze ich, diese Last in der Luft, Wasser, zerstäubt von eigener Gewalt. Er schien in der Tat betäubt, als er dies sagte; die Schwestern, Maria und Margarethe Winterhalter, erfaßten die mitgeteilte Gewalt nicht, ergötzten sich aber an seinen ausladenden aufgeregten Gesten. Karoline, zu ihr würde er reisen müssen und alle diese Geschichten des Staunens und der Wirrnis, die ihm auf den Lippen lagen, würde er bei ihr abladen können, ach, wollte sie ihm denn zuhören? Sein Kinn prallte an den Tisch. Er bat die Schwestern, sie mögen ihn allein lassen, jetzt nicht, sagten sie, es gehe ihm gar zu übel, er solle sich auf die Chaiselongue legen, ausruhen, sich nicht den Kopf zerbrechen über Dinge, die vergangen seien, vergangen, sagte er, vergangen, es näherten sich ihm Scharen von Figuren, die er mit Rufen aufzuhalten wünschte, sie ließen sich nicht rühren, drängten ihn zusammen zu einem kleinen erinnernden Klümpchen, da behelligte ihn eine Vergangenheit, die sich von ihren Wurzeln gelöst hatte, in Formeln, in Signaturen aufgegangen war.

Ich hatte erwartet, schrieb Maria Winterhalter in ihr Diarium, Nikosch Niembsch verändert wiederzutreffen, doch daß er sich derart verliere, alle Verbindungen abschneide, dies nein; ich war heute mit ihm im Garten spazieren, Gustav begleitete uns eine Zeitlang, gab es dann verstört auf, da Niembsch ihn mutwillig übersah. Als Gustav uns verlassen hatte, stellte mir Niembsch seine Aufgaben vor, die ihn nach allem Scheitern, das anscheinend ihm verbunden sei, erwarteten. Ganz nahe habe er sich an den Kern seines Daseins herangepirscht, er sehe eine helle, schwingende Kugel vor sich, von der er glaube, nein, im Grunde sei er sicher — da brach er ab, preßte die Lippen zusammen, obwohl ich ihn drängte, weiterzureden.

Winterhalters hatten sich vorgenommen, ihm eine freundliche ruhige Ankunft zu bereiten, die beiden Frauen begrüßten ihn anmutig, nicht feierlich, Gustav, der Bruder, war durch Arbeit verhindert; Niembsch benahm sich einem Nachtwandler gleich, stieg mit suchend vorgehaltenen Händen die ihm vertrauten Treppen hoch, die Frauen führten ihn in den Salon, durch die hohe, reizvoll geschnitzte Tür hinein: die schilfgrüne Tapete, in die silberne Blätter hauchdünn eingewirkt waren, und die das Licht faßbar, körperlich machte; und es hatte sich auch nichts verändert, noch immer war die gegenüberliegende Tür, die zum Speisezimmer führte, von den zwei zierlichen damastüberzogenen Stühlen flankiert, die beiden schwesterlichen Sekretäre mit den vielen Seitenfächerchen standen an ihrem Platz an den Längswänden, die Chaiselongue und der ovale Tisch davor, in dessen Platte, in hellerem Holz, eine ganze Jagd eingelegt war, der erstarrte hechelnde Eifer von

Hunden und Treibern, die Standuhr aus demselben Holz, das nachgedunkelt zu haben schien, vielleicht, weil sich das Gehäuse, im Eifer, die Zeit einzuhalten, überanstrengt hatte. Er blieb, mit hängenden Armen, stehen, alles bewegte sich von ihm fort, in einer merkwürdig perspektivischen Ordnung, so, als würde das Mobiliar von einem fern liegenden Punkt an Schnüren gezogen, die dort in einer Hand zusammenliefen. Die Frauen merkten ihm die Schwäche an, sie riefen Sophie, die Magd, sie möge Herrn von Niembsch Wasser aufwärmen für ein Bad, er winkte ab: Nein, er wünsche nur auf sein Zimmer zu gehen, er dürfe doch seines wieder bewohnen, das schmale Kabinett mit dem Guckloch, durch das er auf den Garten hinunterblicken könne, auf den Fischteich und auf die überwucherte Laube, in der nachts, wie die Nachbarkinder steif und fest behaupteten, ein Hutzelweib phantastische Süpplein koche, nach deren Genuß — und das Zeug schmecke nicht übel — man von Mitternacht bis Halbfünfe fliegen könne, wohin man wolle. Ich hab's noch nicht probiert, sagte er, und die beiden Schwestern fragten aus einem Mund: Was denn, Nikosch? Fliegen, sagte er. Sie hatten Grund, sich zu ängstigen, zwar hatte er ähnliche Anwandlungen schon vor seiner Amerikafahrt, wenn auch, wie sich die Damen erinnerten, unter größerer geistiger Kontrolle: seinerzeit hatten sie während solcher Szenen immer einen Anflug von Ironie verspürt; diesmal war es Melancholie, undurchsichtig, nicht um Vertrauen werbend. Sophie führte ihn hinauf in seine Stube, wo er sogleich zum Fenster eilte und hinausschaute.

Er ist von einer Angelegenheit aufgewühlt, schrieb Margarethe Winterhalter an ihre Freundin, an der seine, uns unbekannten Erlebnisse in Amerika gar keine Schuld haben müssen. Waren die Wurzeln nicht schon vorher gelegt? allein, daß er verstört ist mehr als je, und nicht durch poetische Sensationen oder dergleichen ... Es reicht tief. Wir dringen kaum zu ihm. Dabei benimmt er sich überaus chevaleresque, und noch immer bezwingt seine Gestalt, seine Haltung, womöglich stärker als ehedem. Der Zauber, der von ihm ausstrahlt, gefährdet und hat — wie soll ich es nur ausdrücken? — hat keinen Kern. Er ist wesenlos, als komme er von einem Ding oder als leuchte er aus einer einzigen Idee hervor, nicht aus einer Seele. Wir wissen uns nicht zu helfen, warten auf Gotthold Kürners Hilfe, der, wie Dir bekannt ist, da, wo der Wahn und solcherart Unheimlichkeit anfängt, kundig ist.

Was war von ihm übriggeblieben? Er hatte das Schiff verlassen, dem Träger sein Gepäck übergeben, der hölzerne Steg hatte seinen Schritt zögernd erwidert, ein den Atem des Meeres wiederholendes Auf und Ab, er hatte die Luft eingesogen, die weniger körnig war als auf der offenen See, strenger und schärfer im Geruch, angereichert von den Dünsten des angeschwemmten, am Kai sich fortwährend erneuernden und aufgebenden Tods, er hatte gesehen, wie eine Kinderschar mit bunten großen Tüchern winkte, ehe das Schiff, unmutig noch und in seine Fahrt verfangen, am Ufer vertäut wurde, nicht ihn hatten die Tücher begrüßt, und er hatte rasch, mit einem Blick, die Gestalten an Land überflogen, dann hatte er die Luftzeichnungen der Möwen verfolgt, so gab er sich dem Schaukeln des Steges hin, bis ein nach ihm kommender Passagier ihn zur Seite stieß; niemand wartete auf ihn, er faßte das Seil fest, nein, er hatte es nicht nötig, die lebendigen Buchstaben der Ankunft am Kai zu lesen; er nahm sich vor, nichts zu erzählen, was ihm wohl nicht schwerfallen würde; er entschloß sich, zu warten, bis alle Passagiere vorübergegangen waren, aufgeschluckt von dem Pulk der Wartenden. Er spürte sich nicht mehr, er lebte von sich getrennt, über sich schreiben könnte er wie über einen anderen, die Stunden, die Tage und die Jahre seines Lebens drängten sich zusammen zu einem Kristall, einem unbeweglichen Stein, dessen Facetten nur einem aufmerksamen Auge erkennbar waren. Niemand hatte bewirkt, daß er sich verlasse, um sich anzusehen. Hatte er Furcht gehabt vor seinen Entschlüssen, die stets spontan und unübersichtlich gewesen waren? War dies die Ursache der Verdoppelung? Er schaute zu, wie jetzt die Hand an dem Seil sich lockerte, wie sie steif über den geraffelten Stoff strich, er sah Niembsch zu, wie er, torkelnd dem Geschaukel der Brücke nachgebend, hinunter ging und, ohne den Kopf zu heben, den Rükken gekrümmt, einen Herrn ansprach — er hatte sich von Niembsch getrennt, von seiner Herkunft, von der Zeit, die an ihm hängengeblieben war, und er ging ihm nach. Der Herr hatte Auskunft gegeben, wo sich die Posthalterstelle befinde. Die Häuser am Hafen strengten sich an, einander in Ähnlichkeit zu übertrumpfen, grau, verschmierte Fensterscheiben, fleckige Vorhänge, die sich vorm Wind bauschten, er ließ sich eine Droschke rufen, verkroch sich in den Polstern, und er dankte seiner Müdigkeit, die barmherzig war und keine Antworten wünschte. Wie leicht wäre es für ihn, alles zu löschen, es fehlte nur ein Schritt über die Linie, die ihn von dem, was ihn noch umgab, ihm noch anhing, für alle Male trennen würde.

Ich bitte Sie sehr, lieber Nikolaus, mißverstehen Sie mich nicht, machen Sie Kürner keine Vorhaltungen, wenn er Sie mit verqueren Plänen überschütten sollte (hatte ihm Maria, kurz ehe er überstürzt seine Amerikareise angetreten hatte, geschrieben), gewiß ein Spintisierer; Roller, dem doch ein sarkastisches Faible für solche Leute nicht abzusprechen ist, hat ihn bei der ersten Begegnung vor 15 Jahren abgelehnt, heute geht er bei Kürners in Weinsberg ein und aus, huldigt seinem Gastgeber — ach, wir wissen ja Kürners Unarten, lieber Nikolaus, doch was er sich aussinnt, das atmet Genie. Man muß ihn sehen und hören (kennten Sie ihn nur!), jede Abbildung schwächt sein Bild. Er hat etwas vor mit der Zeit. Er spricht davon, den Menschen dazu bewegen zu können, außer sich ein Echobild zu schaffen, das alles in sich enthalte, was es bedeute und was der Mensch bedeutet, der es ist. Wie schwierig! pardon, ich referiere nur, und Kürner pflegt sich, bei seinen Explikationen in Ekstase geratend, undeutlich auszudrücken, aber welche Tiefe!, mich gemahnen seine Ausführungen an Sphärenmusik, unerreichbare — wird er sie fassen können? Mir wäre es lieb, Sie träfen ihn beizeiten.

Niembsch hatte sich in den Salon des Schiffes zurückgezogen, einem mit schwarzem, die Nässe anziehendem Holz getäfelten Raum, Anselm Schlorer neben sich, der Scheu um sich verbreitete wie Nesselfieber; er bat den Steward, die beiden Leuchter vom Tische zu schrauben, das rauchende Licht belästige seine Augen. Sechs Stunden und sie sollten in Hamburg anlegen; das Wetter war vorzüglich, ruhige See, ein sanfter Wind, der mit Wolkengaze tändelte. Niembsch hatte Lust, zu reden, Revue der Vergangenheit — der junge Anselm würde das ohnehin kaum erahnen, würde seine Berichte als Wunder hinnehmen oder als Extravaganzen eines berühmten Mannes. Er hatte auf der Reise nur wenige Bilder durchdacht, und es war ihm aufgefallen, daß sie, je intensiver er sich auf sie besann und sie befragte, die Gestalten bewegte, sie dahin und dorthin rief — daß diese Figuren der Vergangenheit immer leichter wurden, ihre Fesseln verloren und sich am Ende selbst ihrer Individualität begaben und austauschbar wurden, ohne jedoch gewisse Akzente zu verlieren, mit deren Hilfe er sie — wünschte er es — auseinanderhalten konnte. Sie sagen so wenig, Schlorer, Sie kommentieren nie, das ist sehr angenehm, Sie hören zu; Sie werden mir, selbst wenn ich Sie aufstachelte, nicht widersprechen. Wirklich angenehm. Sie werden nach — wie sagten Sie? — nach Detmold weiterreisen, Sie haben eine ungleich bequemere und kürzere Heimreise vor sich als ich; wahrscheinlich werden Sie bemüht sein, einen Briefwechsel zwischen uns zu erhalten, doch muß ich Sie darin enttäuschen; setzen Sie die Feder nicht an. Sie werden sich, verwirrt, zum Beispiel fragen: Wie kam Niembsch an jenem Tage der Rückkehr bloß auf Mozart und Don Juan? Etwa aus Verwandtschaftsgründen? Und wie hatte er ausgeführt, Niembsch, im Salon des Schiffes Atalanta?: Post mortem erst wird die Figur Gestalt; nicht das, was sie war und wie sie handelte, wird uns zugetragen, uns, den Späteren und Erstaunten, vielmehr das, was hinzugetan wurde an Kommentar, Zuspruch und Widerspruch füllt die blasse Umrandung aus. Wir wissen wenig von dem wahren Don Juan. Eine Legende? Nicht mehr? Eine Inkarnation — womöglich die eines ganzen Volkes und seiner schlauen und heißen Sehnsucht? Doch immer wird die Gestalt endgültig erst formuliert, wenn sie in den Bereich des Stillstands gerät, wo die Uhren aufhören zu treiben, wo Atem und Herzschlag nicht mehr Zeit skandieren. In Wien, wo ich ihn hörte, später noch in Stuttgart, die Aufführung ärgerte mich dort freilich durch einen komödiantischen Stumpfsinn ohnegleichen, in Wien sang den Don Giovanni ein Künstler von wahrhaft schönem und hohem Wuchs, mit einem klassisch leeren Gesicht, welches sich auch nicht einen Deut ausdrückte, bewegungslos, faszinabel — und denken Sie, nicht die eigene kostbare Stimme konnte diese ausgedörrten Züge rühren! In seinen Augen stand ein totes Licht, wenn überhaupt Licht, vielleicht war es eine Finsternis, zu blinkendem Gestein geronnen, ohne Erinnerung hinter den Lidern und umgeben von der Aura unanfechtbarer Vollkommenheit. Mir ist das unverändert im Sinn geblieben: eine Gestalt ohne Bindung, ohne Reminiszenz, mit der Fähigkeit, alles zu tauschen und von den Verwandlungen und Abenteuern nicht lädiert zu werden. Er, Giovanni, begleitete mich über die Jahre; auf meine Fragen blieb er stumm, und sein Schweigen nötigte mich wunderbarerweise, ihm ähnlich zu werden. Es war unnütze Mühe, mir fehlten, junger Mann, die Voraussetzungen. Wissen Sie denn, woher Don Juan kam, wie seine Mutter hieß und wer sein Vater war? Das Beiwerk entlarvt die Mythen. Don Juan fehlt das Beiwerk, fehlen die Wurzeln, die Rückbezüge, er wird sich, auch später, in entsetzliche Aktionen verstrickt, nicht zurückwenden. Die schamlose Geste der Verwurzelung, der Bindung, überläßt er seinem Diener: der notiert, was der Herr vergaß. Giovanni wird, wie erstaunlich, nie vergleichen. Es täuschen sich jene, die von ihm meinen, er sei unterwegs. In diesem Falle war Mozart klüger: er wählte dieselbe Musik für Anfang und Ende, keinen Ausschnitt breitete er auf der Bühne aus, keine Lebensschnipsel bot er dar, sondern das exemplarische Ganze. Enthält die Möglichkeit Giovanni mehr? Lange schon hat er alles abgestreift, sollte er von irgendwoher gesprungen sein auf das Tableau seines Spiels; nun treibt er um, bewegt die Herzen, girrt, lockt und verdirbt. Ist das wahr? Täuscht er nicht vor? Hält er nicht still? Was meinen Sie, Anselm? Sie sagen nichts. Sind Sie bestürzt? Ich war es nicht, als ich's entdeckte; nicht daß es mich glücklich gestimmt hätte, denn welche Zumutung geht von solchem Stillstand aus — nur meine Fluchten, diese geschriebenen und ungeschriebenen Auswege, diese stilisierten Exercisen, denen ich häufig mißtraute und die andere überwältigten, nur diese Ahnung war es, die sich an der Gestalt Giovannis rieb und beunruhigt war; erst spürte sich das wie kalter häßlicher Marmor an, eine gefrorene Seele, von deren einstigen Funkenflügen die dunkle Äderung sprach, ein Überrest Existenz; doch in Ohio: ich hatte mich für drei Tage in der Bretterbudenstadt aufgehalten, um Aussaat für den Herbst zu kaufen (wahnwitziges Unterfangen, dieser Erde und meiner selbst Herr zu werden), traf ich Helen, Tochter eines Lehrers, eine dumme, vollbusige Blondine, die herrlich lachte und mich dunkel und geheimnisvoll fand — sie wußte nicht, was Ungarn ist, lieber Anselm, und vermutlich wußte es auch ihr gelehrter Herr Papa nicht —, ein explosives Wesen, Leidenschaft gibt's, ohne Hintergrund, sie lechzt nicht nach dem Echo. Man kann sie abstreifen. Ich war mutlos, und ich fiel Helen, meiner Distance sicher, anheim. Wir trafen uns, an den beiden Abenden in Ohio, in einem Geräteschuppen; offenbar benutzte sie die unwirtliche Hütte öfters, es waren Wolldecken vorbereitet, indianische Webereien, die, aufeinandergeschichtet, ein recht bequemes Lager bildeten. Sie hatte keine Scheu, und ich war froh, die anstrengenden Vorspiele auslassen zu dürfen: mein Englisch war dürftig, zu Nuancierungen nicht geeignet. Ihre Haut roch nach Küchengewürzen, sie war flink, beweglich und sie lachte wirklich hübsch. Sie brachte mich, ohne es zu wissen (und hätte sie es erfahren, wäre sie stracks davon und einem andern zugelaufen), Don Juan näher: in Helens Armen äffte ich die Realität Giovannis nach; sein Dasein nicht, dazu bedarf es phantastischer Übung, und die hätte mich längst verzehrt. Ich merkte, daß die Übergänge von der einen zur andern keine sind: plötzlich verlöschen die Gesichter;

die Gesten werden einander gleich, die Lockungen, die Liebkosungen, die Wörter und die Wortlosigkeiten. Zerline und Zerline und Zerline. Man wird, ich bin sicher — und sei's ein Däne —, einmal die Philosophie der Wiederholung predigen. Daß die Erinnerung in der Gleichheit aufhört, daß sie zusammenschmilzt und dann, in ständiger Übung, nicht mehr nötig ist, welch melancholisierende Erkenntnis; und so wird auch das Bewußtsein der Zeit fortfallen: weiß ich's, welcher Dämon den Wiener Sänger ritt, daß er darstellte, was Giovanni erfahren und verwirklicht hatte: den Stillstand oder, idealischer ausgedrückt: die vollkommene Dauer. Ich ziehe für mich den Begriff Stillstand vor, ihm nachzustreben ist es wert. An irgendeinem Punkt seiner phantastischen Bahn hat Don Juan sich selber eingeholt, da wurde er sich seiner inne — mag sein ein Narziß. Von nun an waren die Konstellationen vorgegeben, unverwechselbar, von ungerührtem Gleichmaß. Die Zeit rann an ihm ab. Es entstand, meine ich, der exemplarisch inhumane Mensch. Wir reden zuviel von Seele, die Seele wird des Menschen überdrüssig werden, ich sehe es kommen; worauf dann bauen, worin dann existieren? Den Stillstand einsehen oder zumindest seine Auswirkungen. — Sie entsetzen sich, Freund Schlorer, bedrücken Sie meine Wahn-, meine Wunschbilder? Ich wünsche es nicht, darum lassen Sie mich jetzt anschaulich fortfahren, Abstraktionen befremden Sie: Mama, mit ihr zog ich nach Wien, vor fünfzehn Jahren, denn wir hatten genug von der Bevormundung einer greisenhaften Verwandtschaft, die Papa zu ersetzen trachtete. Er war uns davongelaufen; ich stand, als er sich dazu entschloß (und man braucht es ihm gar nicht zu verargen), im Alter von fünf Jahren, Mama brach zusammen, obgleich in Ungarn bisweilen bei Männern ein Zug zur Libertinage und zur stolzen Familienverleugnung auftritt, den sie mit Muße hätte studieren können im weiteren Kreis ihrer Bekanntschaft — sie brach zusammen. Man verschleppte mich zu den Großeltern väterlicherseits, ein Jahr später zu einem stocktauben Onkel, der für meine Ausbildung aufkam, da es Mama außer an pädagogischer Weitsicht auch an Geld gebrach; dort verbrachte ich mehrere Jahre in wachsender Opposition, von welcher Onkel Stefan — seine Taubheit bewahrte ihn gütig — verschont blieb. Ein begabtes Kind, war zu hören, ich war mir über meine Talente nicht im klaren, absolvierte einige Schulen ohne Erfolg, sah Mama zweimal im Jahr, bei ihren Pflichtbesuchen, meist in der Gesellschaft ihrer Mutter, die auf Eleganz hielt und ihre Schlampigkeit dekorativ zu verwerten verstand; Mama küßte mich bei solchen Anlässen mehrfach flüchtig auf die Stirn, brüllte mit Onkel Stefan, der in der Disposition von Zukunft geübt war und mich bereits im Staatsdienst als polyglotten Diplomaten untergebracht sah. Mama, einer Rückkehr Papas keine Hoffnung schenkend, liierte sich bisweilen mit Herren aus unseren Kreisen, was ihr einen zweifelhaften Ruf und bei zahlreichen Verwandten verschlossene Türen einbrachte. Es erging uns beiden wie einer mangelhaft ausgerüsteten Streitmacht, wir fanden uns in die Defensive gedrängt und entdeckten zum guten Ende im eigenen Lager die gefährlichsten Feinde: Onkel

Stefan waren die Eskapaden Mamas zugetragen worden, er erregte sich in meiner Gegenwart über solche Schändlichkeiten; es verdroß mich, ich widersprach brüllend, er schlug mich; ich verließ, da ich Onkel Stefan nicht ausweichen konnte, die Schule, und aus dieser Notlage rettete mich Mama. Sie hatte sich in Ödenburg (und verschone mich ein jeder mit Ödenburg) angesiedelt und zog hernach mit mir nach Wien, wo sie eine bessergestellte Dame aufgestöbert hatte, der sie für ein, sagen wir, schäbiges Entgelt an jedem Nachmittag aus frommen Schriften vorlas, die sie mir in den kuriosesten Wendungen paraphrasierte. Bildchen nur, von nachhaltiger Wirkung: Madeleine, meine erste Damenbekanntschaft, tarnte sich und ihre entsetzliche Existenz hinter diesem melodiösen Namen; ihre Jugend hatte sie nicht vor Verfall und Krankheit bewahrt, mein Auge, ungeübt, labte sich an der hübschen Larve, an den zierlichen Gliedern, ich war überrascht von ihrer Erfahrung in Liebesdingen, die mir naturgegeben schien und nicht allmählich, in erotischer Kärrnerei, erworben. Der Zustand ihrer Behausung hätte mich über den Zustand ihrer Seele aufklären können. Ich war verblendet, ihre Umarmungen entzückten mich, sie bestätigten mich. Diese Erkenntnisse sind, mein geduldiger Zuhörer, Allgemeingut. Ab und zu besuchten wir das Theater; sie kleidete sich zurückhaltend und fein, mußte freilich, was mir erst später aufging, gelegentlich Herren aus dem Wege gehen, die ihr bekannt waren und die zu kennen sie nicht mehr beliebte. Ich hatte Gedichte zu schreiben begonnen. Die psychischen wie physischen Attraktionen meines Zusammenseins mit

Madeleine — sie hieß, ordinär, Josefine Kutschera —
hatten mich angestachelt, in Versen mich auszudrük-
ken, denen, was verwunderlich war, nach der Ver-
öffentlichung applaudiert wurde. Ich wurde bekannt
in Wien und darüber hinaus: das erfreute Madeleine
zu meiner Überraschung nicht. Ihre Umarmungen
arteten in zornige Umschlingungen aus, und an einem
überhitzt verlaufenen Abend teilte sie mir mit, daß
sie an einer Krankheit leide, die ich, aller Erfahrung
nach, übernommen hätte. Ich war neunzehn Jahre
alt. Was tut man in diesem Alter, nachdem einem an-
gekündigt worden ist, ein Gezeichneter zu sein, eine
Pestbeule der Liebe? Ich lief davon. Ich scheute mich,
einen Arzt aufzusuchen, probierte es mit volkstüm-
lichen Kuren; war eine Heilung abzusehen? Ich
spürte keine gravierenden Symptome, das Blut rann
rot — ach, dieses Labyrinth, meine vergeblichen
Handreichungen an ein vernünftiges Leben. Ich verließ Wien, hielt mich für einige Wochen auf einem
Gut in Oberösterreich auf, wo ein ärmlicher Baron
residierte, der sich, in einem Brief, als Liebhaber meiner Verse ausgewiesen hatte; er und seine Frau rührten mich mit ihrer rustikalen Schwärmerei, ein schät-
zenswertes Paar; auf dem Gut hatte ich zufällig — die
Zeit ist um, lieber Schlorer, ich habe noch nicht ge-
packt, seien Sie nicht erzürnt über den jähen Ab-
bruch; der weitere Verlauf hätte Ihnen nicht nützen
können, Verwicklungen eignen sich nicht zum bei-
läufigen Vortrag, und was beginnen Sie mit Theo-
rien, die Kern jenes Knäuels sind, das zu lösen ich
nicht die Kraft habe. Ich danke Ihnen; sollten Sie ein
Freund der Musik sein, versäumen Sie nicht, sich

Mozarts Don Giovanni anzuhören. Er verließ, erheitert, den Salon: wiewohl grämlich, und die Kleidung abgetragen, eine elegante und weltmännische Erscheinung. Dem Steward hinterließ er auf einem silbernen Tellerchen, das zu dem Zweck auf einer Konsole neben der Tür angebracht war, ein üppiges Trinkgeld. Das Schiff erreichte den Hafen; Anselm verspürte nicht die geringste Neigung, heim nach Detmold zu reisen.

Rondo

Er versprach den Schwestern, seinen Besuch in Linz
nicht übermäßig auszudehnen, sie hielten ihm vor,
Madame von Zarg könne Schwierigkeiten mit ihrem
Manne haben, er hingegen versicherte, solche hätten
sich auch früher nie eingestellt, er habe sich mit Karoline zu arrangieren verstanden, desgleichen mit ihrem liebenswerten Gemahl. Die Postverbindungen
nach Linz waren zufriedenstellend, die Übernach-
tungsstätten hinreichend kommod. Er war die ganze
Fahrt über leicht gelaunt, so daß er sich des öfteren
unterhielt, selbst auf törichte Fragen einging. Er
freute sich, Karoline zu sehen, sie zu sprechen, ge-
stand sich freilich ein, daß Mißhelligkeiten entstehen
könnten, doch er war gewillt, ihnen entweder aus
dem Weg zu gehen oder sie, zur Not, auf sich zu
nehmen. Die Landschaft, die er, in wechselnder Gesellschaft, durchreiste, öffnete sich, vor allem in der
Gegend zwischen Augsburg und München, in schau-
rig-flacher Trostlosigkeit. Er war nicht bereit, dieser
Stimmung Resonanz zu gewähren, noch vor vier Jahren hätte er sie aufgenommen, hätte er ihre Klage
aussprechen können. Nun ließ die Natur ihn ver-
stummen, verdroß ihn — zogen ihn Gestalten, Figuren mehr an? Den Reisegefährten schien er überaus
vergnügt. In diese Laune hatte er sich hineingelockt;
die dünne Helligkeit trachtete er sich zu bewahren.
Er war, wie in den vergangenen Jahren, bezaubert
von dem Changeant ihres Wesens und von neuem

fiel ihm ein, hätte er sie schildern müssen, so würde er auf das unmerklich wellige Elfenbeinblättchen eines Medaillons etwa dies niederschreiben, etwa dies (oder nicht doch etwas anderes, das er, während er sie anlächelte und sich für den reizenden Empfang bedankte, aus der Erinnerung verloren hatte?) —

Otto hat unrecht behalten, Sie sind gekommen, doch gekommen, Niembsch, ich war sicher gewesen, aber er hat's so entschieden bezweifelt, willkommen, Lieber — ihre ganze, über ein graziöses Stakkato gelegte Atemlosigkeit: Sie dürfen uns nicht so rasch wieder verlassen, nein, gut schauen Sie nicht aus, welche ungesunde Farbe, ich hätte mir ausmalen können, wie die Reise Sie mitnehmen würde — und Amerika! —, wir werden Sie aufpäppeln, Sie müssen ruhen, viel ruhen und manchmal erzählen oder vorlesen oder spazierengehen — Sie haben ja die Wahl; sie faßte ihn unter: Sie sagen nichts? Er senkte sein Gesicht, aus dem allmählich die Wülste der Müdigkeit verschwanden, nur die blauschwarzen Halbmonde blieben unter den Augen stehen: Habe ich nicht immer Ihnen das Wort überlassen, Karoline? Charmant, rief sie, nein, verändert hat sich Nikosch Niembsch nicht, und diese Stimme zu hören, seine! Sie stiegen die Treppe zum Haus hinauf. Es fällt mir nicht leicht, liebe Karoline, so selbstverständlich neben Ihnen einherzugehen, zu wissen, daß dieselbe Fürsorge wie vor ein paar Jahren um mich sein wird; Sie werden mich nicht aushorchen wollen, ich bin sicher, und Ottos Diskretion ist sprichwörtlich, Sie werden denken, Niembsch hat drei oder vier Jahre verschenkt, hat sie ausgegeben wie ein unversehens reich Gewordener sein Geld, nachlässig, nicht der Zukunft denkend — da wären wir! Er hatte sich von Karoline gelöst und eilte in die Mitte der Diele. Otto von Zarg hätte vielleicht den kaum vertuschten Krampf seines Lächelns notiert, den hölzernen, wenig kontrollierten Überschwang seiner Gesten, Karoline aber war überrascht von der unzerstört zärtlichen Gegenwart des Freundes. Sie überließ sich diesem Gefühl und spielte es wieder zurück, was Niembsch anscheinend nicht wahrzunehmen wünschte, denn er zählte — wie ein Kind, das seine Spielsachen in einer großen vergessenen Truhe wiedergefunden hat — das Mobiliar der Halle auf: Das Piano ... und Otto? er fällt mir ein — ist er unterwegs? rackert er sich noch immer ab mit seinen Sägmühlen? ein fleißiger Mensch — entsinnen Sie sich, wie er, erzürnt darüber, als unmusikalisch verscholten zu sein, sich ans Piano setzte, mit verbitterter Miene und sehr säuberlich Fuchs-du-hast-die-Gans-gestohlen klimperte, ein korrekter Nachweis seiner musikalischen Begabung: haben wir gelacht! Er sah sie an, als wolle er sich versichern — ihrer? ihrer Gegenwart? ihrer Vergangenheit? wessen? sie empfand, unter seinem Blick, daß sich der Raum zwischen ihr und ihm unendlich auszuweiten begann, so sehr, daß sie nicht mehr daran glauben mochte, sie könne ihn je wieder fassen: Komm zu mir, Niembsch, sagte sie, leise, er hörte sie nicht, sie konnte seine Augen kaum erkennen, sie fühlte die Kälte, die nachzeichnende Kälte seines Blicks — vorher war er vertraut gewesen — doch nun? nur entglitten? Komm her, Niembsch, zu mir, wiederholte sie, und seine Blicke fragten sich, was unterscheidet sie von Maria, von Margarethe oder von Madeleine? von irgendeinem Frauenzimmer? Hatte ich mich vorher nicht an ihrem Porträt versucht, ich sitze über das Elfenbeinblättchen gebeugt, bin angehalten, mit dem Haarpinsel aufzuschreiben, was ich nicht vergessen habe, was ich nicht vergessen konnte: damals, als ich ihr begegnete, in den Wildnissen und auf meiner Flucht, auf dem verlotterten Gut in Oberösterreich, wie hatte sie damals alles verkörpert, wovon ich träumte, wenn ich an Dianens Unerreichbarkeit Gedichte richtete: gespannter Eros; reizbar; auf der Schwelle, da die Jugend, die sich in den plays of love bereichert hat, sich gesättigt fühlt, sich endlich auf Nuancen einläßt. Ist sie groß? Manchmal ist es, gehe ich neben ihr her, als würde ich von ihrem Schatten verschluckt, eine sommerliche Größe, aber so groß ist sie doch gar nicht, schau sie dir an. Sie ist weit fort. Sie hatte sich merkwürdig ausgenommen unter ihren ungleich derberen Freunden, die so häufig und so grundlos lachten, jenes Gelächter, dem sie stets in der gleichen Haltung zuhörte, mit einem Anflug von Nachdenklichkeit, als warte sie, bis das Lachen eine bestimmte musikalisch festlegbare Stärke erreicht habe, forte etwa, und sie stimmte ein, flüchtig, schnell verstummend, in hellen Schlägen, was ihre Gastgeber jedesmal beunruhigte. War das der Zweck ihres Mitlachens? Als er sie sah, noch angeschlagen von seinem Wiener Abenteuer, noch verflucht von der Unlust seiner Mutter, weiter über die Spuren ihres ungeratenen Sohnes zu wachen, fürchtend, die Begegnung mit dem Wiener Mädchen habe sich seinem Leib eingraviert, unwiderruflich, als er sie sah, nahm er sich vor, sie zu gewinnen. Ihre nachlässige Eleganz: sie liebte Kleider aus schweren glänzenden Stoffen, ausladend in den Röcken, anschmiegend in den Miedern, und Bordüren, zerflatternd in den allerfeinsten Spitzen — sie verstand mit diesen Accessoires umzugehen, sie setzte Akzente, die gleichermaßen die drängende Heiterkeit des Morgens wie die verdächtigen Schritte des Abends skandierten. Sie hatte sich Ähnliches vorgenommen wie er, was die amouröse Angelegenheit, zumindest in den Präludien, erschwerte. Er war fünfzehn Jahre jünger als sie, bisweilen wirkte er gleich alt, bisweilen älter, wie das der Fall sein kann bei Männern, die ihren Geist über das Maß der Vernunft hochtreiben. Lieber Himmel! war das anstrengend für sie gewesen.

Sie rief ihn zu sich und ihre Nähe verwandelte ihn endlich. Ein wenig ließ die Ferne von ihm ab. Hören Sie auf, die Dinge zu zählen, sagte sie, soll ich Sie auf Ihr Zimmer führen lassen? Noch nicht, sagte er, ich will noch einige Zeit hier bleiben, hier.

Seine Courtoisie war schon seinerzeit erlesen gewesen, die Gesten von Budapest und Wien vereinten sich, er hielt sich zurück, er reizte sie, machte sie neugierig: wie würde er, als Liebender, diese Fesseln der Höflichkeit sprengen? Spielte er mit der Distance? Sie dachte nicht gern an die beiden Wochen auf dem Gut in Oberösterreich, trotz allem Gewinn, denn Niembsch, in der erotischen Attacke, hatte die Zeichen ihrer tiefen Sympathie nicht wahrgenommen. Er war blind gewesen, gefangen von den klugen Bewegungen seines Angriffs, und merkte er, wie seine Waffen abstumpf-

ten, benahm er sich ein wenig töricht. Er malte ihr
Bild, wenn er allein war: Das kastanienfarbene Haar
(kastanienfarben? wenn du es so magst, wenn du
nichts Treffenderes findest), aber bitte schön, das ist
keine Stubsnase, hatte sie gesagt, doch, es ist eine!
und sie hatten gelacht.
Warum beenden Sie nicht Ihre alberne Aufzählerei,
Niembsch, ich kenne unsere Möbel.
Sie schon, ich habe alles vergessen, jedes einzelne
Ding will ich mir erobern.
Wie närrisch, Niembsch.
Lassen Sie mich närrisch sein, Karoline, bitte. Haben
wir nicht Zeit? Wir haben Zeit —
Wirklich, Niembsch?
Warum ängstigen Sie sich, Karoline? Vor der Zeit,
die wir haben werden? Werden wir sie haben?
Sie spielen, Niembsch, wie damals —
                                        er hatte nicht
gespielt, es war ihm ernst gewesen, Karoline zu ge-
winnen. Er würde sich erproben können. Würde sie
ihn abweisen? er glaubte es fast, sie tändelte kunst-
voll, um Hauchbreite, an seinen Wünschen vorüber.
Am dritten Abend, der Ouvertürenmusik müde, der
flau werdenden Zwinkerei, ging er in ihr Zimmer.
Aber da sind Sie ja, sagte sie, sie sagte, aber da sind
Sie ja, worauf er nichts erwiderte, er trat nur zwei
winzige waghalsige Schritte in das Zimmer hinein,
schob mit seiner Schulter die Türe beiseite, blieb
stehen und fragte sich nach ihrem zwiefachen ›Aber‹:
er würde nicht auf dessen Sinn stoßen, nein, und
trat wiederum zwei Schritte vor. Lud sie ihn ein?
Nun könnte er seinen Verstand auffordern, alles zu

verwörtlichen, was seine Augen aufnehmen, alle diese Schablonen einer erhitzten Phantasie, diese Litanei, die ihn, eine Zeitlang, in manchen Rufen, erregen würde, weil Wörter seine Sinne aufrühren, stärker, als es je seine Hände vermögen, tastend, liebkosend oder wie sonst, und er stand vor der merkwürdigen Barriere ihres zwiefachen Aber. Seine Lippen bewegten sich, sie sah auf seine Lippen, nicht erstaunt. Kannte sie ihn denn so gut, daß sie wußte, er würde nun ihre Gestalt, den Eintritt in das Zimmer, die Zeitferne des Abends, den Stillstand der Stunde mit Wörtern bestücken, damit alles für ihn faßbar werde, weil er, armselig und an die Sprache gefesselt, ohne die Wirklichkeit des Wortes machtlos war, nichts sah und nichts spürte —

Ich werde mich bemühen, Verehrteste (warum: Verehrteste?), zu fixieren, da solche Bilder, wie bekannt ist, ungewöhnlich rasch ihren Rahmen verlassen und hernach, in der täglichen Bewegung, ihren Reiz verlieren. Wünschen Sie den Versuch einer Beschreibung? Lachen Sie mich nicht aus, mein Enthusiasmus hat Gründe. Oder rührt Sie meine Leidenschaft, in der Schrift einzuholen, zu beruhigen, was meinen Geist verwirrt? Solche Abende spielen auf alten Mustern, alles ist vorgegeben, ich habe das schon einmal geträumt — vielleicht habe ich das schon einmal erlebt, in diesem oder jenem Jahrhundert, in welcher Gestalt auch immer, ich, ich trete ein, sie hält mich durch ein zwiefaches Aber auf, ich erkenne sie nach Augenblicken der Blindheit, beginne sie mir einzusagen, ihre Gestalt, ihr Dasein, dies wird mir nicht mehr verloren gehen. Nicht mehr? verloren gehen? Ihre Lippen müssen sehr leicht sein (»leichte Lippen«), sie bewegen sich kaum beim Sprechen, dennoch hüpfen sie über die Silben hinweg, nicht sehr groß, die untere voll, mit einem lustigen Tröpfchen Rot in der Mitte (man ist versucht, es wegzuwischen — wie hübsch!), die obere kaum gezeichnet, um so leichter, Ungesprochenem nachgebend, empfindlich, angriffslustig; im Gesicht alles um eine Spur zu üppig, nur eine Spanne übers Maß hinaus: wenn Madame lacht, kullern die Backen, und die keineswegs sehr hohe, doch bestimmte Stirn kugelt sich gleichfalls, wobei in ihrer Mitte sich unbegründet eine Falte eingräbt; die Brauen, grad, viel zu buschig, ungebärdig, welch eine Diskrepanz beispielsweise zu den koketten, klein geratenen, zu tief angesetzten Ohren. Rotes Haar — warum auch nicht? Zu welcher Stunde, in welchem Jahr war es »kastanienbraun« — warum nicht so? Rotes Haar, gut. Beginne ich zu fabeln? Sehe ich Sie denn noch, Madame von Zarg? Haben Sie Geduld, bald werde ich zwei neue Schritte ausprobieren — raten Sie mir zu? Rotes Haar, wiewohl das ein erotischer Scherz sein könnte: Nach dem Wiener Madl suchen sich Herr Niembsch eine femme fatale und lassen sich von seiner heftigen Phantasie verführen. Die Farbe stimmt, sehen Sie hin, es ist dämmrig im Zimmer, Karoline hat nur einen zweiflammigen Leuchter auf die Spiegelkonsole gestellt, die Flämmchen korrespondieren entzückend mit dem Haar, sie jagen Funken hinüber, einzelne, und der Schopf sendet Schwärme zurück. Ich sehe Grünspan auf dem Haar. Niembsch, ich bitte Sie. Grüne Späne, Grünspan. Ein grünes Netz:

wenn ich die Augen zusammenziehe, wie jetzt, kann ich es erkennen. Vor ihren Augen jedoch ängstigt sich Herr Niembsch. Übergehen wir sie, obgleich mich Frau Karoline derzeit mit einem Starrsinn anschaut, der mir meine Mitteilungen an Sie, Verehrteste, ordentlich erschwert. Und da sind leider auch noch die Stimmen, man sieht durch Sie hindurch, Madame, der junge Niembsch, dort, an der Tür, gerät zu seinem Bedauern in erinnernde Trance — warten Sie auf zwei Schritte, auf zwei Schritte mehr — über das Aber hinweg? Herr Niembsch ist freilich noch gezwungen, seine Stimmen zu beruhigen: Mama sagte, sie sagte —

Mama sagte: Ich bitt' dich, Nikosch, sei nicht so vulgär, dies Verhältnis mit dem Madl, mir ist's gleich, aber es ist unter deinem Niveau und wer weiß, ob du dir dabei nichts holst — und sie hatte ihren Morgenmantel an, der ihr Mittagsmantel war und ihr Nachmittagsmantel, erst gegen Abend zog sich Mama ausgehfertig an, sie sagte: Wenn er sich schon nach Mädchen umschaue, dann möge er doch seinen Stand bedenken, dermaßen vulgär, das kränke sie; worauf er zu schreien begann, sie sei die letzte, wahrhaftig die letzte, die das Recht habe, ihm seine Amouren vorzuwerfen, er möchte sie erinnern an jenen Abend in Ödenburg; worauf sie die Augen schloß, schwieg; worauf er fortfuhr, ob das ein Schauspiel gewesen sei nach ihrem Geschmack und ob nicht jedermann habe bemerken können, wie ordinär sie sich benommen habe, vor einem Kind; worauf sie auf ihn zutrat, schön blitzend in ihrem Zorn (er dachte: allerliebste Mama) und sagte: Deine dummen Erinnerungen, andauernd klebst du an irgendwelchen Vergangenheiten, banal, Nikosch, und besonders dieser Fall, weißt du keinen besseren; worauf er sagte: ich wüßte bessere, Mama, schon, aber jener, in Ödenburg, hat mich gekränkt, hat sich mir eingeprägt, wann denke ich nicht an den Abend von Ödenburg und den schneidigen Herrn Panduren, an dessen Arm du gegangen bist die Schnizlergasse lang, zwischen den geduckten, blindfenstrigen Häusern; worauf sie die Hand an ihre Stirn legte, ihrer ausgeprägten Neigung für schlechtes Theater nachgebend, und Dummerl sagte; worauf er aufhörte zu reden und die Gasse, die Schnizlergasse sich vor seinen Augen aufbaute, Haus für Haus, Schritt nach Schritt dieses Paares, das allein ging, und hinter den Fenstern waren die Lichter aus, weil um Mitternacht kein Mensch mehr wacht in Ödenburg:

Der Bub hatte sich hinter dem Paar hergestohlen, er hatte den Pandurenoffizier flüchtig im Zimmer der Mutter gesehen, seine Tressen betrachtet, seine gewaltigen Pluderhosen und den hohen Tschako, der auf dem Tisch lag, den Mama aufgeräumt hatte, sonst türmten sich dort Wäsche und Geschirr und Briefpapier, in das sie Haarbüschel einwickelte, nachdem sie für den Abend sich gekämmt hatte; der Schnauzbart des Mannes war feucht vom Trinken; der Pandur hatte, befremdet, den Buben gemustert, der hereingehuscht kam, und Mama kämmte sich eben, sie achtete nicht auf ihn, als sie jedoch die Wohnung verließen, kam sie in die Küche zu ihm (es war die Wohnung einer verstorbenen

Tante; sie waren nach Ödenburg gezogen, um den Mietzins abzuleben; von Papa war inzwischen nichts übriggeblieben als eine kraklige Spur im Gedächtnis des Kindes und gallige Epitheta aus dem Munde der Frau), sie sagte zu ihm: Geh bald schlafen, Nikosch, und mach mir keine Dummheiten, Bub, ich bin bald wieder da, muß nur mit dem Herrn einiges besprechen, sei verständig, Kind; er hörte die Schritte des Paares, wie sie hinunterklapperten das Bergl und den Steinweg: der eine Schritt schwerer, der leichte, heitere war der von Mama, und daß er sich so mitgehfröhlich anhörte, griff ihm ans Herz; er stöberte im Schrank, suchte nach dem zweiten Schlüssel, fand ihn hinterm Zuckerschaff, er wollte weiter den Schritten lauschen, die ihn so marterten, er gedachte den Schmerz zu vertiefen, obwohl es ihn schon gräßlich riß zwischen Brust und Kehle, er schlich, lautlos, die Treppe hinunter, öffnete die Haustür, darauf achtend, daß sie nicht knarre (noch hatte er wenig Übung in derartigen Fluchten, die würde sich einstellen), stand auf der Straße, holte tief Luft und wünschte sich die Pein so heftig wie möglich, die Gemeinheit des Doppelschritts: er entdeckte das Paar ziemlich weit unten am Bergl, sah es einbiegen in die Schnizlergasse, da begann er zu galoppieren, es benahm ihm den Atem, es fuhrwerkte in seiner Kehle, so hielt er die Luft an, daß ihm der Kopf brummte, wunderte sich, daß er über ein Polster von grauem heißem Schaum flog bis zur Ecke, da hielt er an, steckte witternd seinen Kopf um die Hauswand, das Paar war nicht weit von ihm, er war schnell gewesen, und er sah die beiden Rücken, den breiten uniformierten des Panduren, den zierlichen Pelerinenrücken von Mama, und der Pandur hielt Mama untergehakt, es kam dem Kind vor, als seien die Rücken zusammengewachsen, inzwischen, auf dem Weg das Bergl hinab, und während sich seine Augen verfraßen in den Doppelrücken, fuhr ihm ein feuriger Finger zwischen die Rippen, genau unters Herz, das einen Satz machte, seine Augen wurden blind, er gurgelte, hielt sich fest an der Mauer, die kalt war, und mit einem Male wurde die Gasse vor seinen Blicken zu einem Trichter, der sich nach unten senkte und in den er hineinzustürzen drohte wie in jenem gräßlichen Traum, den er immer wieder träumte. Heh! schrie er, heh! zog den Kopf hinter die Wand zurück, hörte, wie der Offizier Mama etwas fragte, so nah waren sie ihm noch, aber dann gingen sie weiter, da sprang er in die Gasse hinein, schrie Heh! Tränen kamen ihm, schrie, als das Paar sich nicht umwandte: Du Luder, du elendes Luder! — die zwei blieben stehen, er wurde gerüttelt von einem lauten, würgenden Heulen: Du elendes elendes Luder! Nikosch, schrie die Frau, was fällt dir ein, sei still, geh heim, sofort gehst du mir heim, willst du wohl, was schreist du so, die Leute schlafen, und du, ogott, ein Kind, Nikosch, was tust du mir an. Wiederum sagte der Pandur etwas zu Mama, häkte sie unter, sie gingen weiter, der Junge machte einige Schritte: Du bist meine Mama nicht mehr! die Schluchzer fuhren ihm in die Wörter und zerstückelten sie, und dahinein rief die Frau, ohne sich nach ihm umzusehen: Geh heim, Nikosch, dir wird was blühen, wenn ich komme, das kann ich dir sagen!

Er sah einen Stein am Straßenrand, einen großen Stein, hob ihn auf, er war kühl, und lief dem Paar von neuem nach, nun fiel es ihm leicht zu rennen, die Gasse hatte sich ganz und gar in einen Trichter verwandelt, von dessen Rand aus er auf die beiden zurutschte. Du dreckiges Luder! er hob den Stein, der leicht geworden war, und warf ihn dem Paar nach, hörte den Mann aufjammern: jetzt ist er dran, dachte er, recht geschieht ihm, aber der Stein hat Mama gegolten, nicht dem Mann, der war ihm gleichgültig, der führte die Frau nur fort, fort von ihm; der Pandur ließ Mama los und hetzte auf ihn zu, da wendete sich der Bub, preschte weg, sich mit den Fäusten auf die Brust trommelnd, die eilenden Schritte, gestiefelte Schritte, hinter sich, nach einer Weile zögerten sie, hielten an, der Mann rief ein paar Worte, der Bub rannte weiter, das Bergl hinauf, heulend fluchend, öffnete die Haustür, stolperte zwei Stufen hoch, fiel hin, raffte sich auf, in die Wohnung hinein, rannte um den Küchentisch, setzte sich endlich, drosch seine Stirn mehrere Male gegen die Kante des Tisches und seufzte: Bluten möcht' ich, überall bluten möcht' ich. Er schlief ein, die Hände über den Nacken gefaltet, so fand ihn, gegen Morgen, die Frau, hob ihn behutsam auf, trug ihn in sein Bett, flüsterte ihm ins Ohr: Es ist gut, Nikosch, ist alles gut, die Mama bleibt bei dir, geht nimmer weg mit dem Panduren, das ist ein Hund, du hast ja recht. Sie sprachen in den nächsten Tagen nicht über diesen Vorfall; sie wurde ihm fremd, doch er liebte sie, die sich freilich gewandelt hatte, ein Weibsstück war sie, das er Mama rief —

und diese Stimmen sprachen ihm mit allem psychischen Zubehör an Tränenstrom, Verwirrung und kindlichem Fluch einen Wall hin, eine klägliche Barrikade, die sich zwischen ihm und Karoline aufbaute und die er mühelos einstürzen ließ, indem er sagte: Pardon, ich habe nachgedacht, Madame, ein wenig über Liebe, ein wenig über Frauen. Sie sagte: Unterhalten wir uns, setzen Sie sich, Herr Niembsch, und er trat vor und stolperte nicht einmal über die Trümmer des kindlichen Trotzwalls.

Nicht, daß er fähig gewesen wäre, allem, was hernach sich ereignete, kaltblütig einen Kommentar überzustülpen; er verharrte aber in der Einbildung, den Gesten, den Zärtlichkeiten, dem gesprochenen Zweisinn sei eine Choreographie unterlegt gewesen, der er schon einmal, wenn auch nicht wissend, gefolgt war. Jene Wienerin zog er nicht in Betracht, und was blieb ihm sonst an amouröser Reminiszenz? Dennoch, dies, wie er ihr über die Stirn fuhr, meinte er zu kennen, und wie sie die Augen fast geschlossen hielt, seine Regungen jedoch durch die Lidschlitze verfolgte, nicht jeder einzelnen nachgab, vielmehr nach Feinschmeckerart das sich auslas, was sie vermutlich am heftigsten zu ergötzen vermochte. Als er ihr Kleid öffnete, voreilig, wies sie ihn ab: Nicht so, Lieber — da war sie es, welche die Regeln einhielt, die er, entrüstet über ihre beobachtende Zurückhaltung, zu überspringen trachtete. Halte ein, sagte sie, wir haben es mit einem Geduldspiel zu tun, du solltest es lernen. Du weißt nicht viel, Nikosch (sie sagte zum ersten Mal diese Kürzung, anders als Mama, er war kein Bub mehr, der sich unter der Schelte duckte, wenn das -sch nach dem jammernden Vokal peitschte), »nicht viel«, was ihn dermaßen in die Großsprecherei drängte, daß sie ihn, die unaufmerksam zuhörte, während er seine phantastische Liebesreihe abspulte, unterbrach: Geh, das ist alles nicht Fleisch und Blut, nur die eine Geschichte, die unappetitliche, die will ich dir glauben, und wenn du sie nicht vergessen magst — er gab auf, willigte in ihre Führung ein, überließ sich ihrer weisen, das Spiel leitenden Hand. Er war es, der zu lernen hatte; sie wußte viel, wußte, daß die Ordnungen eines solchen Spiels über einer Tiefe lagerten, die herauszufordern dreist gewesen wäre.

Nun ist's schon besser, sagte sie, und du — sie hörte auf zu sprechen, zeigte auf ihren Schatten, den die flackernden Kerzen über den Boden legten, einen vollen, sich abhebenden Schatten: Dieser Schatten atmet, manchmal, wenn ich mit ihm spreche, mit dem Schatten, höre ich, wie er atmet; da ist mein Atem zu Ende gegangen, der Schatten hat ihn aufgesogen, lebt von ihm, ich sehe ein, daß ich niemals so glücklich sein werde, wie der bewegliche Schatten, der aus der Flamme und aus meinem Atem wächst, der weicht, sobald es dunkel wird, sich vereint mit der Nacht und wartet, bis ihm das Licht meinen Atem zurückschenkt. Er küßte sie. Sie brachte ihm die Vielfalt der Küsse bei, denen er Scherznamen verlieh, seines Witzes noch inne: Du wirst, Niembsch, so in der Schule, ohne Fehl und Tadel sein! Karoline war zufrieden mit ihm, nun haderte eher sie mit den Spielregeln; sie half ihm, das Kleid zu öffnen, schimpfte über die lästigen Schließen, umarmte ihn zwischenhinein, ließ ihn wieder los: Was bin ich für eine Törin, da halt' ich dich von mir weg und wünsche mir, du wärest mir nah; sie schlüpfte aus dem Kleid, bat ihn, er möge ein kleines bisserl die Augen schließen. Er war verwundert über die große Strenge ihres Leibes, fest und mit ironischer Haut, eine wohlgeordnete Fülle. Sie bewegte sich ungeniert, pustete erst nach einer melodischen Weile, die sie auskostete, die Kerzen aus. Ich bitte dich sehr, sei leicht. Er lernte diesen Leib kennen. Die Intelligenz der Frau bewahrte ihn vor blindem Verlust oder Gewinn, sie hielt ihn zu behutsamer Sorgfalt an, erklärte Hals und Busen zu Bezirken exklusiver Exaltation und verweigerte ihm des öfteren den Zutritt. Allmählich offenbarte sich ihm ihre Strategie. Sie unterwies ihn in der Lust, sich zu zügeln und daß diese Lust der ausgeklügelten Verzögerung sich sodann wie eine pressende Hand ums Herz schließe und den tobenden Muskel nicht mehr aus dem Griff lasse. Sie redeten nicht, flüsterten einander keine Liebkosungen zu, sie lauschten aufmerksam auf die Seufzer des andern, jene erotische Musik, die zu entschlüsseln auch für ihn jetzt ein leichtes war. Er entdeckte unter ihrer Haut Kraftfelder, da und dort, nutzte deren wirksame Schwingung aus, er ließ sie spüren, daß er Herr war, daß ihre Einübung ihm eingeleuchtet hatte. Es war ein gespanntes, dünnes Glück, das ihn erfüllte, ehe er von ihr Besitz nahm. Karoline hatte es aufgegeben, über ihn nachzudenken, ihn nach ihrer Vorstellung zu modeln. Die kostbare Leere, die sie erwartet hatte, erreichte sie im Augenblick.

Sie verfeinerten bei den nächsten Zusammenkünften ihre Kunst. Sie sagte zu ihm: Du wirst, ich täusche mich nicht, selten so gute Gedichte schreiben, wie es unsere Liebe eines ist. Mag's ein Schaden für dich sein, mein Lieber, für mich ist's ein Gewinn. Und lassen wir es dabei.

Karoline faßte ihn zögernd unterm Arm: Fangen Sie nicht gleich an zu grübeln, zu memorieren, lieber Niembsch. Ihre Reise hat Sie mitgenommen; ich wünsche mir sehr, Ihnen im Vergessen helfen zu können.

Gut, sagte er, helfen Sie mir.

Nicht in allem, nicht in allem, sagte sie, einiges will, nach unserem Belieben, aufgefrischt werden.

Wie Sie wünschen, Karoline, sagte Niembsch, doch es ist an der Zeit, daß ich auf mein Zimmer gehe.

Sieh an, er wird vernünftig.

Wenn Sie nur recht hätten, Karoline.

Sein Gang war krank. — Nun, im Licht, erschrak sie über die gelbe Gesichtsfarbe, die Tiefe der Augenschatten und über die schwimmende Milch auf der Iris. Mein teurer alter Freund, sagte sie, und es gelang ihr, einen Atemzug lang, die vergangene Nähe zu rufen.

Gigue

Er hatte, schreibend, oft das Verlangen, daß sich die Wörter vom Leib der Schrift lösten, daß nichts von ihnen sich halte denn ein Laut-Particell: dieser Wunsch zerrte an seinen Sätzen, aber er nahm ihnen nicht ihre Schwere; er hätte lieber gesungen als geschrieben. Ich bin unvermutet auf Ihre Sehnsucht gestoßen, Niembsch, während ich Ihre Verse las; ich erkannte die Sentimentalität als Verkleidung, vielmehr: als Stufe, die über die Beschwernis hinaustrachtet. Nun, da ich Sie in diesem Versuch eingeholt habe, Schritt mit Ihnen halte, entlasse ich mich aus meiner Zeit. Ich bewahre nichts. Ich bin sicher, daß diese Spuren nicht sichtbar werden, Hauch, der sich aus der Tonlosigkeit stiehlt, ein Pianissimo der Nähe. Sie sind für einen Moment nicht erreichbar, ich kann Sie mit meiner Stimme nicht umgeben. Jetzt sehe ich Sie im Garten vor meinem Fenster umherwandern, meine Augen haben Sie geduldig erwartet. Sie beugen sich über die Rosenknospe, die Karoline am sechsten Abend Ihres Besuches am Ausschnitt trug. Sie hatten die Blüte bewundert und gebeten, die Rose »ein bißchen aufblättern« zu dürfen (Zarg beobachtete die Anmut Ihrer Finger). Sie beschworen die Farbschatten, die sich, je tiefer Sie mit den Fingerspitzen drangen, änderten: aus einem kaum durchbluteten Gelb bis zu dem Orange, mit dem sich der Himmel vor meinem Fenster auffüllt, und im Kern fanden Sie eine Wasserkugel, die, im Augenblick, da

ihr der Blätterschutz geraubt war, in Luft verging.
Dann wurde das Abendessen aufgetragen. Sie nahmen zu dritt an dem hübschen, dunkel polierten, ovalen Tisch im Speisezimmer Platz, befangen.
Niembsch schien nicht gesonnen, ein Gespräch zu führen, Karoline ließ von Sieferl auftragen, zu ihrer Rechten saß Niembsch, Zarg zu ihrer Linken, und Zarg war es, der — ungleich einfühlsamer als sein Ruf, als sein Gehabe: ein hünenhafter Bajuware, fettleibig, dabei in ständiger Bewegung und straff, mit einem fast runden Schädel, einer Tonsur von rotem Haar und dem Pigment der Rothaarigen, Sommersprossen auch auf den Backen und auf dem runden Kinn, selbst im Nacken; aus dem Kinn stülpte sich genüßlich die Unterlippe vor, die Oberlippe, nicht ganz vom Schnauzbart bedeckt, war zierlich, dünn und mokant und verlieh ihm beim Gespräch einen Anflug von ebenso ironischem wie distanciertem Scharfsinn — Zarg war es, der empfand, daß Niembsch keineswegs zu schweigen wünschte, nicht verdrießlicher Laune war, sondern auf Einstimmung wartete, auf einen bestimmten Ton des Dialogs, dem er sich anvertrauen könnte, ohne sich verausgaben zu müssen, und Zarg ahnte, daß Niembsch eine feste Vorstellung von Unterhaltungen hegte und sie selbst dem banalsten Tischgespräch — sich schützend — unterschob. Für sich nannte Niembsch Gespräche musikalisch oder unmusikalisch, jene vermochte er zu führen, auf diese ließ er sich nicht ein. Musikalität erwartete er von seinen Partnern, ihr Mitspielen nach einer Partitur, deren Leichtigkeit und Gefälligkeit hörbar bleiben mußte, wo sich die Gedanken

dem Melodiösen unterzuordnen hatten, einer Grundführung, die girlandesk, dennoch tiefsinnig sein sollte. »Bleiben wir doch, bitte, bei den kleinen Worten«, pflegte er bisweilen Unterhaltungen zu unterbrechen. Wer verdutzt war, sich belustigte, schied für ihn aus. Er war sicher, daß die »kleinen Worte« auch der weitgespannten Emphase, der Leidenschaft näher stünden als jede Phrase. Die Partituren seiner Lieblingsgespräche, deren er sich noch nach Jahren entsann, waren übersichtlich, bestimmt nicht dünn und einfallslos, doch transparent, geleitet von dem Parlando des Herzens und sie drückten jene ein wenig verzögernde und lispelnde Heiterkeit aus, die weich in Melancholie übergeht, auf sie abfärbt, sich mit ihr vereint, das eine gewichtiger, das andere gewichtloser macht. Er wußte sehr genau, wo seine Stimme, wo seine Stimmung trugen.

Zarg berichtete, beiläufig, sich der Vorspeise widmend, nicht aufschauend, von seinen Inspektionen auf den Gütern, erwähnte Neuerungen im Sägewerk, was Niembsch veranlaßte, sich über die Maschine und ihre Bedrohlichkeit auszulassen: Fürchten Sie sich denn keinen Augenblick vor dem eingesperrten Dampf, Zarg? Und daß er, wie der Beelzebub, das Gehäuse sprengen, nicht mehr untertan sein will? Ungeheuerlichkeiten, deren wir nicht Herr sind. Wohl liegen vor uns die Berechnungen, eine Handvoll Zahlen, denen wir trauen, indem wir uns beruhigen: einmal eins ist eins — und darum springt die Dampfkanne nicht, die meine Sägen treibt, der Teufel sitzt in der Klemme und uns freut's, daß wir ihn kräftig rumoren hören, dienstbar, der Geist der

Neuzeit, wir loben seine Segnungen, und seine Disziplin ist auch die unsere. Zarg brach in ein freundliches Gelächter aus, legte seine breite Hand auf den Arm seiner Frau und sagte: Der Poet will ausbrechen, da versuche ihn einer zu halten; Niembsch, Ihre Phantasie ist mächtiger als unsere armseligen Dampfmaschinen. Nur, lieber Freund: die haben ein Ventil, wenn der Druck das Gehäuse zu sprengen droht. Ich wünschte den Poeten eine ähnliche fördernde Anlage; und anhalten kann man sie auch, die Maschinen, nach Belieben —

Niembsch, dem guten Ton der Unterhaltung folgend, von deren Mühelosigkeit entzückt, spannte sich bei Zargs letzter Bemerkung, schaute ihn und Karoline mit fragenden Augen an (er hat in der Tat glühende Augen, sagte sich die Frau, und dachte an eine Beschreibung Niembschs, über deren Enthusiasmus sie sich beim ersten Lesen geschämt hatte, sie schätzte Übertreibungen nicht, und sie fand ihren Liebsten — »ihren Liebsten?« — so ungewöhnlich keineswegs, er war ja doch um einige Handbreit zu klein geraten, neigte zum Embonpoint, seine Haare glänzten manchmal fettig wie bei ziehenden Zigeunern und sein gelber Teint war Geschmacksache — bei den meisten Frauen vermutete sie allerdings, daß hier der Geschmack endete und die Anziehung begann; nur die Augen, da stimmte sie dem himmelnden Schreiber zu, sie glühten; in die dunkle, übergroße, in ihrer Furcht schon kranke Iris konnte ein Sprühen, ein spitzes Feuer treten, das dem Blick des Gegenübers sich übertrug und ihn gleichfalls erhitzte: nun spürte sie's): Ja, Zarg, anhalten kann man die Maschinen, und Sie denken, auf unsere menschliche Herrschaft anspielend, bei uns kann man es, die Götter seien gerühmt, nicht. Vielleicht irren Sie, ich will nicht übertreiben — und die Mahlzeit will ich zwischendrein loben wie goutieren, Karoline, eine vorzügliche Forelle, wie von der Säure der Flußkiesel durchtränkt, würzig, und das Kirschwasser zuvor hat mir seinen heimischen Bauernwitz in den Gaumen gebrannt — und ich will auch nicht ungenau werden, aber anhalten, Zarg, das ist eine Frage, die dermaßen leichtfertig nicht abgehandelt werden darf. Sie stehen so fest; Sie treiben Ihre Maschinen an, befehlen ihnen Stillstand. Und halten selber niemals still, den Schlaf ausgenommen, aber selbst in ihn drängen sich geträumte Fortgänge von gleicher Agilität. Überlegungen ohne Bilder sind nichts. Ich will Ihnen erzählen von meiner Ausfahrt, gestern Vormittag. Karoline hatte mir gestattet, den Einspänner zu nehmen — und bei diesem Wetter! Sie war verärgert über meinen Wunsch, allein zu fahren, und auch ich war, nachträglich sei's zugegeben, unsicher in meiner Abwehr: Sollte ich, gleich zu Beginn, einen Zauber verscheuchen? Ein ausgezeichnetes Pferd, die Lona, gefällig und gescheit, sie ermüdet nicht, trabt gleichmäßig. Bei solchen Fahrten sind meine Augen rascher als der Wagen, sie hetzen voraus, verschlingen dies und jenes, Landschaftsstücke, sich verwischende Veduten, die unter der Hast aus ihrer Perspektive fallen, sie werden zu flachen, farbenfröhlichen Bildern. Ich befand mich auf dem Fahrweg, der den Inn entlangführt, und mit einem Male brach der ohnehin flüchtige Kontakt zwischen Blick und speicherndem Verstand gänzlich ab. Ich wußte: dies ist eine bestimmte Landschaft, du hast sie früher genossen, du starrst mit weit geöffneten, doch abwesenden Augen auf sie; ich sah die Umgegend, aber ich nahm sie nicht mehr wahr. Dann entspannte ich mich, räkelte mich, ließ dem Gaul die Zügel, was ihm Spaß machte, mein Fahrzeug schaukelte, eine rennende Wiege — ich vermute, Ihnen ist solche Trance bekannt, ein genußreicher Zustand. Jählings — es gab keinen Anlaß dazu, denn noch immer schaukelte beruhigend der Wagen — erkannte ich ein Stück Landschaft wieder, einen bestimmten Ausschnitt, wie von einem Rahmen umfaßt: Einige Obstbäume, eine sich wellende Wiese, das Ufer des Flusses, wo das Grün ins gewaschene Grauweiß des Kieselstrandes überläuft. Aber der Ausschnitt verharrte, obgleich meine Kutsche eilte. Das Bild war aller Bewegung entzogen, hatte sich in den Blick gedrängt, hatte ihn, streng gerahmt, ausgefüllt mit seiner Vollkommenheit. Inzwischen war ich vom Innufer abgekommen, das Sträßchen schlängelte hinauf in die Nähe der Stadt; das Bild wich nicht: Die acht in eine unfaßbare Stille eingelassenen Bäume, das fleckenlose Grün des Rains, das steinige Ufer. Ich erriet, weshalb es mir meinen Blick verschloß: Seine Ordnung war die meine. Ich war unvorbereitet auf die Landschaft gestoßen, die meiner Erwartung von Vollkommenheit entsprach. Diese Landschaft erfüllte meine Sehnsucht nach Gestalt. Die Gestalt hielt still, ich hielt still in ihr. Sie beschrieb mich, während ich nur kläglich versuche, sie zu beschreiben. In der Korrespondenz mit ihr wurde ich der dauernden Stille gewahr, zu der wir fähig sind, wir ziehen freilich die Bewegung vor, weil der Atem, der unser Leben anzeigt, Bewegung ist und weil wir uns vor seinem Stillstand fürchten. Wir haben Macht über uns selbst, wir gebrauchen sie nicht, weil sie uns an die Tür des Todes führt. Eine Ahnung von der Schönheit dieser Bereiche tragen wir alle mit uns, leichtfertig verwischen wir ihre erhabene Grazie.

Das war ein Gedankensprung, Niembsch, und vielleicht doch eine nachträgliche Konstruktion, sagte Karoline; Zarg hingegen, was Niembsch nicht erwartet hatte, hob ärgerlich die Hand: Laß ihn, Karoline, ich bin sicher, er konstruiert nicht, nur weiß ich noch nicht, Niembsch, was Sie darzulegen versuchen, womöglich ist es, verzeihen Sie, Erläuterung Ihres derzeitigen Bewußtseins. Wollen Sie nicht deutlicher werden? Niembsch war dem gedrungenen Mann dankbar, der sein Rivale gewesen war (war er's denn überhaupt gewesen? er dachte, daß Zarg sich womöglich mit dem Part des amüsierten und vorausschauenden Betrachters zufrieden gegeben hatte, ab und zu, das Spiel leitend, eingriff: und sah dann, in großer Entfernung, Karoline sich gegenüber — an diesem Abend? — eine Büste, erstarrt, nicht steinern, von gleitendem Schmelz, schon unfaßbar, der Hals, »der dörrende Hals«, um ihn, wie die Mode bestimmte, ein türkisfarbenes Band geschlungen, und überm Dekolleté, wo das Band von einer filigranen Zange geschlossen wurde, hing ein Medaillon aus Onyx, das Licht brauchte, damit der in den Stein geschnittene Ephebenkopf nicht düster wirke, Hermes, ein Todesbote, des Tags jedoch Händler und

Handelnder. Wie seltsam, daß sich zwei Rothaarige gefunden hatten, und in abwägender Übereinkunft. Die Gemeinschaft war, wie er wußte, nie gefährdet gewesen, sie hatte sich in Vernunft und toleranter Absprache eingerichtet.)

War das nicht bildhaft genug? erwiderte Niembsch. Zarg stimmte zu. Karoline hatte sich aus dem Dialog gehalten, wissend, daß sie darin ihren Platz finden würde; die Männer abstrahierten ihre Gegenwart, um sie, in der Gegenrede, im Wort, von neuem zu erringen, und sie ahnten, daß beider Bildnis der Einen sich ähneln, wenn nicht gleichen würde. Bildhaft schon, Niembsch, wie alle phantasievoll überhöhten Deutungen eines seelischen Zustands im ganzen war einleuchtend, im Detail indes verwirrend und — nehmen Sie mir's nicht übel — auch verdeckend, versteckend. Sie sind, nach dem Scheitern Ihrer Flucht — ich darf es so nennen, nicht wahr? — Niembsch nickte, es war sein erstes Eingeständnis, hier brauchte er nicht zu umschreiben, er war der Angelegenheit ledig ... Ich bin Geschäftsmann, meine Rede wird auf Sie allzu direkt einstürzen, sie will nicht verletzen, nein — Sie sind auf ein Feld geraten, entfremdet vom Realen, von dem Sie seit jeher wußten, an das Sie geglaubt hatten, das Ihnen jedoch als Lebensgrund, als erlebbares Phänomen unerreichbar vorkam: Sie nannten das vorher Stillstand und in diesem Stillstand gewahren Sie — versteh' ich Sie ungefähr? — das Endgültige, etwas, das nicht mehr bewegt werden kann, etwas, das unüberschreitbar ist. Bin ich Ihnen auf der Spur, Niembsch? Korrigieren Sie mich, bitte? — Aber nein, wie sollte ich, Zarg, Sie sind mir unendlich nah. Warum hatte er dem Mann in Gedanken so häufig unrecht getan? Dieser Koloß, der stets Geschäftigkeit vorschützte, war Instrument; von ihm kamen Antworten, die er sich selbst nie zu geben wagte.

Und sie, Niembsch? Zargs Augen richteten sich auf Karoline, er fragte heiter: Und sie? Kurz stemmte sich Niembsch gegen den unvermittelten Einbruch; er war also angehalten, sich ohne Schonung zu eröffnen; die Umstände waren Zarg ohnehin bekannt. Was verschleiern und warum? Wiederum erstaunte ihn dieser Mann: Er überrumpelte ihn nicht, mit fröhlicher, die Rivalität überspringender Gelassenheit forderte, stellte er ihn. Die Wendung, und sie war prägnant, verlockte Niembsch; nun lachte Karoline, den Sinn des freundlich-unerbittlichen Zweikampfes begreifend: seine Reinigung, seine melodiöse Durchsichtigkeit. Sie würden, empfand sie, hernach alle verwandelt sein.

Sie —, mir scheint, Sie wissen alles, Zarg, unsere Tarnungen, unsere geschickten Heimlichkeiten sind vergeblich gewesen, Sie haben sich an dem kindlich-befangenen Manövrieren ergötzt. Nun — absolvieren Sie mich, Karoline —, da sich die Geschichte von allein abgeschlossen hat, nicht gewünscht von uns, läßt sich der junge Mann, von dem Sie Rede und Antwort erwarten, Zarg, herzitieren: Jener, der mit trübseligen amourösen Erkenntnissen sich aufs Neue einließ, war von nichts so beeindruckt gewesen wie von der verwaschenen, ins Schweigen gepreßten Atmosphäre, die alles zuließ, mit schmutzigen Überraschungen aufwartete, verstörte, die ihn verschlang;

das war kein Beginn gewesen, sondern ein schäbiges
Ende, und keine Liebe mehr würde für ihn ohne den
ekelerregenden Geschmack solchen Schlusses sein
können, ohne den Verdacht der Krankheit, des Aus-
satzes; er würde einen Weg suchen müssen, der
nebenher führt, fort von dem, in etwas vom Leib
Entbundenes, das dem Geist willfähriger sei — Karoline gelang es, damals auf dem Landgut, Sie werden
sich, Zarg, nehme ich an, erinnern, auch Sie, Karoline,
ich habe kein Recht, mich für alles zu entschuldigen:
daß alles, was sich seinerzeit und danach ereignete,
eigentümlich vergangen, in die Ordnung, die ich mir
gerichtet habe, eingegangen ist, sollten Sie mir, ich
bitte Sie, glauben. Ich erfuhr die Reinigung durch Sou-
veränität, obgleich sich nichts im Äußeren änderte,
einen Leib zu besitzen, zu begehren, ihn kennenzu-
lernen wie eine Landschaft, eine Stadt, und man wird
dabei begleitet, aufs feinste unterhalten, — und dies
zum ersten unvergeßlichen Male! — und an irgendeiner Wegkreuzung leuchtet Geist auf, erstrahlt das
Gelände, dem man nie mehr, auch im verlorensten
Moment nicht, verfallen wird. Ich habe stets danach
verlangt, nach der Übereinkunft, nach der Zärtlichkeit, die Wörter schafft, Sätze, Unterhaltungen. Die
stumme, stöhnende Liebe ist entsetzlich, würgt die
Vernunft. Eher stoße ich mir die Tür zu einer Bühne
auf, eine von jenen harmlosen Komödien wird gespielt, Gravure einer Zeit, rasch welkend: die Dame
und der Herr unterhalten sich, vor Nacht, recht zwei-
deutig und lassen erkennen, daß ihre Namen be-
langlos sind, doch wünschen sie auch nicht, als Sym-
bole aufgefaßt zu werden, nein, sie genießen die

Platitüden, die gleichermaßen exakt wie willkürlich sind —: Niembsch stand auf, stellte sich hinter seinen Stuhl, seine Konzentration war nicht vorgetäuscht, sie wirkte wie verdoppelt: hinter dem Anschein unbeweglicher Versenkung ahnten die beiden aufmerksamen Zuschauer eine böse Wachsamkeit:

Niembsch spielte stumm, er war, wovon wenige wußten, ein begabter Komödiant, doch neigte er, ständig pendelnd zwischen wenig beteiligtem Zuschauer und heftig werbendem Spieler, zu mimischer Übertreibung. Zargs würden unterschiedlich reagieren; in beiden würde ein Bruchteil Erinnerung zu Gebärden sich verfestigen, würde gerufen, und — im Spiel — zerstört werden. Er agierte, damit sie, die ihn betrachteten (Zarg mit einem offenen, etwas verwunderten Lachen, Karoline hatte ihre Lider zugekniffen, sie begriff, was er vorhatte), ihn ein für allemal aufgäben. Er spielte sich los. Er durchstieß die Verzweiflung, die ihn, nach allem Scheitern, nach Linz getrieben hatte. Nicht ohne Qual und Parodie trennte er sich von einem Teil seiner selbst, er verzerrte spielend, woran er geglaubt, worauf er gehofft hatte. Die Liebe, in die Zeit wesenhaft verwoben, verjagte er mit seiner Parodie. Er trieb sich von sich fort. Es war ein letzter Anfang: er opferte die Liebe seinem Wunsch nach Stillstand. Seine Gesten sind behutsam, und was sein Gesicht mitteilt, ist fern der Grimasse. Wie präzis er noch immer sein kann, denkt Karoline, er spottet, verhöhnt, man begreift es als Huldigung, als zärtlichen Verlust. Seine Zerstörung ist gefällig. Und Zarg denkt: Er meint es ernst, er will, daß ich die Nuancen schmecke.

Anfangs erschreckt die Lautlosigkeit seiner Vorführrung. Er will offenbar seine Commedia unterteilen, sie hat mehrere Auftritte, drei oder vier?, alle satirisch, das Wirkliche stumm verleugnend, wenngleich bittre Antwort darauf. — Er wirbt, er tändelt, ein von Seligkeit berstender Bursche, stürmisch ist der Flug seiner Arme, in seinen Augen zuckt die Furcht; einen Fußbreit zur Seite gesprungen: Die Frau, ungleich gelassener, die Arme, kluge Arme, gespannt und auf dem Gesicht ein weites, fließendes Lächeln, das alles verschließt, eine Maske im Halblicht. — Eine Pause. — Der Akteur schließt die Augen, konzentriert sich, eine störrische Welle stößt über die Stirn auf die Brauen, dort brandet sie an, er deutet Umarmungen an, öffnet seine Augen wieder, der Spott blinkt darinnen, sein Mund ist halb geöffnet, in geübter Lüsternheit — er springt: die Frau: die Maske ist geborsten, es tauchen auf Leidenschaft und hingegebener Gleichmut — der Schritt zwischen Gestammel und Wortlosigkeit. — Vor der dritten Szene pausiert Niembsch länger, trinkt einen Schluck Wein, sich über die Lehne beugend, über die Rampe, schaut, um Pardon flehend, mit splitterndem Lachen zu Karoline, die ihren Stuhl an die Seite ihres Mannes geschoben hat, sie sitzen nebeneinander, wie im Theater. Zarg erwidert den Blick Niembschs, Karoline weicht ihm aus. Der Dritte tritt auf, der dritte Auftritt: Die Eleganz überrascht. Der Mann: Umarmungen von ornamentaler Schwerelosigkeit, streichelnde, Sympathie versprühende Gesten, kalligraphische Amoure — und die Frau (ein Sprung), offen, sehr spielerisch, im Verspielten anonym, sie wiederholt, sie kennt sich aus: Bravo! ruft Zarg. Bravo? sagt Karoline, nachdem Niembsch geendet hatte. Noch nicht! Er fängt dasselbe von vorn an, dann noch einmal, noch einmal, die Szene hat sich nicht geändert, nicht?: geübter, frivoler sind die Umarmungen des jungen Mannes geworden, distancierter die erotische Sprache der Frau. Ein Wort, tausendmal hintereinander gesprochen, verliert in der Ratsche seinen Sinn. Was klagst du, Niembsch, fragt Karoline.

Ich klage nicht, ich erkenne; es ist ein Spiel.

Zarg begann zu sprechen; Niembsch hatte sich wieder gesetzt, dem Paar gegenüber. Die Sieferl hatte, während der Vorführung, eine Lampe gebracht — eine Kugel aus hellviolettem Glas auf kupfernem Bein —, deren zarten Bau Niembsch liebte: vier Kraniche hoben auf ihren Schwingen den Ball, in dem ein Talglicht gleichmäßig brannte. Er saß für sich, wartend auf den Erfolg seiner pantomimischen Pädagogik, nicht Karoline sprach, es war Zarg, gefaßt und mit Nachdruck: Dies war einprägsam, lieber Freund, ein Exkurs über die Gewöhnung — wollen Sie ihn allgemein aufgefaßt wissen? Ja. — Dachten Sie nicht daran, Karoline zu verletzen? Ich sehe, Sie wehren ab: Nur ein Beispiel, können Sie sagen; subjektive Einsicht, doch Sie drängen darüber hinaus — ich bedaure Sie, Niembsch. Sie gewahren nicht mehr, was alles Sie verlieren, Sie halten es nicht. Ich — ich habe auf dem Gut unserer Freunde zugeschaut. Bist du überrascht, Karoline? Niembsch ist es nicht. Ich verlor, damals, doch nur mit Vorbehalt. Ja, ich habe zugesehen, es geschah etwas, das sich vor meinen Augen entspann, zuordnete und auflöste —

Ich bitte dich, Otto!

Zarg, das kann so nicht wahr sein —

Wieso entrüstet Ihr Euch, wie hätte ich taktieren, wie hätte ich Euch entwaffnen, auseinandertreiben sollen? Ich wußte den Erfolg auf meiner Seite, nur ahnte ich nicht, daß er so denkwürdig aufgehen würde in einem Übereinkommen, welches sich zu einer dauernden Qual auswüchse. Diese Spiele haben ihren genauen Ablauf, ich konnte ihn studieren, ich spürte seine Resonanz in einem beteiligten Publikum — wie tief wird der Zuschauer hineingezogen ins Spiel. Das also ist die Liebe, auf die Karoline gewartet hat: Erfüllung im Spiegel, und auch die entwürdigenden Male der Selbstsucht. Ich stellte mich nicht dazwischen. An jenem Abend, auf dem Gut der Freunde, trat ich zufällig zur selben Zeit auf die Altane hinaus wie Sie, Niembsch, Sie öffneten zaghaft die Tür von Karolines Zimmer — jung waren Sie, blind und taub Ihre Hingabe; Sie hätten mich hören müssen; ich atmete, für Augenblicke, unbeherrscht, ehe ich mich ins Zuschauen einließ; ich vernahm ihre Stimme, die Stimme meiner Frau; konstatierte Veränderungen in den Stimmen, niemals durchdrangen mich Stimmen so — sollte ich Zuschauer bleiben, unbeteiligt, zermürbt? Dennoch wollte ich mich nicht verteidigen, mich stachelte die Neugier an, ich hatte, welche seltene Gelegenheit, einen Zipfel eigenen Lebens vor mir — Leben mit aller Chance und aller Unmöglichkeit, sich fortzuzeugen in Handlungen, Abkehren, Verleugnungen, in Reden und Leidenschaften. Hätte ich trennen sollen? Wär's gelungen? Wie? Wie: bis auf den Tag meine ich, daß meine von dem

Paar ungehörten Kommentare Eingriffe waren, die täuschten, zersetzten, verformten. Sie hatten mich falsch eingeschätzt, Niembsch: ein grobschlächtiger, vom Geschäft aufgefressener Edelmann, seinen Besitz schlau ausdehnend, ein Pfeffersack, nicht sensibel, seine Intelligenz an Sachwerte wendend. In mich drang der Wille Merlins. Im Dunkel ausharrend, Ahnungslosigkeit vorschützend — würden meine Kräfte genügen, Lust und Vollzug dieser Begegnung in meinem Sichtbereich zu halten, ihn zu überschauen, zu überwachen? Ich brauchte nicht teilzunehmen, Ihr spieltet vor mir, wo und wann immer Ihr Euch traft; meine Reisen, Vorwände nur, Spielräume zu schaffen, gewährten Euch Sicherheit, Libertät. Die Entfernung — ich war in der Tat unterwegs — schützte Euch nicht vor der uneingeschränkten Teilnahme meiner Gedanken. Ich sehe Sie erstaunt, Niembsch; Karoline, dich fassungslos, ekelt es dich? — schiere Perversion, dieser über Jahre währende Hinterhalt? Mag sein, daß Rausch mein Wachsein erhöhte, eine verquere, Reflexion, Spiegelung vorziehende Lust. Nicht die Haut, die Lippen selbst, nur die Elektrizität der Haut, die mit dem Geist sich bindet, die Abdrücke der Lippen auf Wörtern und auf Gedanken. Ein Irrweg; er hat mir geholfen, hat mich am Leben erhalten, meinen Schmerz aufgefrischt. Sie geraten in meine Nähe, Niembsch, ein Poet, von dem ich höre, er denke über Don Juans Wiederkunft nach, über die Zeit. Sollte es dem Pfeffersack nicht ebenfalls erlaubt sein, zu philosophieren?

     Er veränderte sich, indem er Niembsch und

Karoline zusah, allmählich, es gab verschiedene Sta-
dien der Veränderung, so, als würde ein Stoff von
einem anderen, die Konsistenz umsetzenden Stoff
angegriffen, erst zögernd, später heftiger, mit die
Gewebe zerfressender Eile. Er ließ sich ein auf das
Gestalten verzerrende Melos der Metamorphose.
Zeit wurde ihm gleichgültig — er wanderte in Räu-
men und Phantasien umher, deren Farbe und Freizügigkeit ihn vor kurzem noch gekränkt hätten. Die
Körperlichkeit jener Nacht auf dem Gut, als er
Niembsch in Karolines Zimmer treten sah (der ab-
wartende Schatten, hinausgeblendet auf die Altane),
erfüllte ihn mehr als der momentane Verlust. Es war
von Anfang an kein Verlust gewesen, nie hatte er es
so aufgefaßt: die Geschehnisse rückten von ihm fort
in eine nicht mehr verletzende Ferne; die Unterhaltungen des Paares, die er nicht zu hören vermochte, ge-
rannen zu Flocken, die sich auf seinen Lippen ab-
setzten: er kostete sie, schmeckte ihre Verlassenheit,
ihren vergeblichen Anruf der Ewigkeit. Die Flocken
zerrannen, die Stunde war nicht von Dauer, obwohl
sie Dauer beschwor. Er sah sie weit weg, fand Namen für Karoline, Elvira, Donna Anna und für einen
schelmischen Sprung zwischen zwei Lächeln: Zerline.
Die Stille, die das Paar umgab, war von schöner und
klarer Distinktion. Sie verbarg nichts. Er bewegte
sich nicht, erinnerte sich, daß jene Nacht sein Lachen
ohne Zögern aufnahm und es mit der Heiterkeit vereinte, die sie aus der Szene sog. Leporello! Er
schlüpfte in die Rolle; er entfloh der Gestalt des
Hahnreis im Nu. Als es anfing, war er schon darüber
hinaus. Er kannte das Ende, an das zu denken die

beiden vermieden. Er blätterte das Register auf, er verschlang die Zeiten, entlarvte die Maskeraden, vertauschte die Räume, wechselte die Namen, die Liebkosungen, die Gesichter und die Gestalten. Bei den späteren Besuchen Niembschs wandelte sich die Perspektive; er stellte seine Blickwinkel nach Belieben ein. Manchmal schalt er sich, die Verdächtigung sogleich zurücknehmend, einen Voyeur. Es ging ihm um eine Erfahrung, die ebenso eine Erfahrung Karolines war. Ihre Stunden rannen gleich ab wie die seinen. Niembschs Stunden, ahnte er, sprangen über andere Zeiger. Karoline trat ins Unvertraute: Zarg folgte ihr, sich selbst zurechtrufend: Du wirst sie verlieren. Wirst du sie verlieren? wer ist schon dieser junge Kerl, ein Laffe? — er begann Karoline zu lieben, außerhalb der Konventionen, die ihre Gemeinsamkeit erträglich gemacht hatten. Er staunte, daß er, trotz allem Fortschritt der Betrachtung, jetzt und später, nur Teile ihres Daseins zu lieben vermochte, vermutlich eben jene, die Niembsch zur selben Zeit aufnahm, indem er sich selbst in sie einschloß: an dem Abend in Oberösterreich war es die Haut der Frau, seiner Frau, gewesen, die er abtastete, erfuhr, eine blasse opalisierende Haut, unter der sich die pulsierenden Aderkreuze abbilden, einmal stark, einmal verschwindend — eine weiche, schmiegsame, parfümierte Haut. Sie hatte sich das Parfüm von ihm gewünscht. Wie roch es —? von ihm gewünscht: nun roch er es, teilnehmend, auf der lebendigen Haut. Er eroberte Partien dieser menschlichen Landschaft zurück: das Eroberte abstrahierte sich, wurde subtiler, formte sich zu einem einzigen

Gedanken, der sich in ihm unverlierbar festsetzte. Bei einem späteren Besuch Niembschs — das Paar hatte sich arrangiert, auf das Unwissen Zargs trauend — war er zur Mühle gefahren, lag wachend im Gartenhaus, sog die dicke, sämige Luft ein, wiederum Nacht, aber unklarer, von feuchten und bisweilen leuchtenden Bändern durchzogen, in denen sich der Atem der Finsternis sammelte. Er lag wachend, holte sich die erotischen Bewegungen Karolines zurück, ihre Laute und Schweigsamkeiten, hörte die wohlartikulierten, in der Selbstvergessenheit noch kontrollierten Seufzer der Frau. Er hatte sie nie gehört. Sie war ihm Partner gewesen, freundlich, zuvorkommend, ihre Eleganz an seiner Seite, Reputation und Anmut —, sähen sie ihn jetzt, wie er sich, die Gedanken zügelnd und aussendend, in ihre Gemeinsamkeit einließ... Karoline würde ihm bleiben, während das Bild Niembschs sich allmählich aufhob, unverfügbar wurde und unausgefüllt — dennoch wünschte er Freundschaft mit dem Lehrling zu schließen. Niembsch entglitt Karoline. Zarg sah dem zu. Nie wäre es Zarg möglich gewesen, Niembsch dorthin, bis an den Rand seiner Erfahrung zu folgen. Sogar er hatte gelernt, Gestalten vor seinen Augen zu tauschen — Elvira und Zerline —, aber er hatte den Komtur nicht zu fürchten, nicht die Monotonie des Registers. Niembsch tastete sich einige Schritte über die Grenze und er verlor — Zarg vereinte sich mit dem Flüchtigen im Moment des Wissens — das geliebte Gesicht, weil er die Zeit begriff. Er verlor die Zeit, weil er den stillhaltenden, unbeweglichen Raum erfaßte. Er verlor den Raum, weil er aus sich selbst trat. Er hatte sich weit fort von

Karoline begeben, und sie — noch heimisch in ihrer Liebe — faßte es nicht: sie rief ihn an, sie verzärtelte sein Schweigen, beschönigte seine Trauer.

Niembsch brach keineswegs überstürzt auf. Er weilte noch eine Woche bei den Zargs, debattierte mit ihm über die Güter und deren Verwaltung, bedachte Karoline mit chevaleresken Wendungen, die, worüber sie sich wunderte, sie nicht kränkten, vielmehr rührten. Während des Abschieds war er bemüht, seine Augen im Schatten zu halten. Er küßte Karoline. Und sie nahm sich vor, ihn wiederzugewinnen.

Menuett – Gavotte

Das Doppelbild der Schwestern, Margarethe und Maria; der flache, nie erlebte Prospekt der Stadt; die Ankünfte, das Haus, die erste Ankunft vor dem Haus: die drei Frauen an der Treppe, zwei jüngere und die Dienstmagd, verschüchtert, sie regen sich nicht von der Stelle, vier Schritte aus dem Wagen, Verbeugungen, Handküsse, »um das Gepäck brauchen Sie sich nicht zu kümmern, Herr von Niembsch«, »welche Ehre«, Getuschel hinter seinem Rücken, während er, die Reise in den Knochen, gemächlich die Stiegen zum ersten Stock hinauf steigt, die Bedienerin vor sich, »Sophie wird Sie führen«, die Blicke der beiden Frauen im Nacken, wie Atem, und das Holz des Geländers, warm an den Händen — wird hier für einige Zeit zu Hause sein müssen. Sie sehen sich ähnlich, ich werde sie verwechseln. Er hörte sie, unten, als er es sich in seinem Zimmer bequem machte, ein kleiner Raum, an dessen Stirnseite die Fensterluke, von da kann er hinunterschaun auf das Geviert des Gartens — sie hatten ihn erstaunt gemustert, ein kurzes Wiedererkennen aus irgendeiner Zeit her, die sie abgelebt hatten.

Es war ein frischer Sommertag gewesen, der Müdigkeit nicht gestattete. Später würde er meistens im Regen ankommen. Am Abend schrieb er nach Linz, woher er gereist kam, einer wiederholten Einladung der Schwestern und des »Stuttgarter Zirkels« Folge leistend (»... Sie sollten unsere Geselligkeit und unsere Verehrung nicht unterschätzen, Herr von Niembsch, und Kürner, dessen Bücher Sie wohl kennen — haben Sie nicht seine ›Geständnisse eines medialen Genius‹ im Mercur rühmend hervorgehoben? —, zählt zu Ihren inständigen Bewunderern, allein seinetwegen lohnt die Reise; wir bitten Sie, unser Gast zu sein — Maria und Margarethe Winterhalter«), schrieb nach Linz, verkannte nicht die Güte seiner Lage, denn er fühlte sich wohl wie seit Monaten nicht mehr, schrieb nach Linz, mokant, wenngleich nicht ohne Übertreibung:

Ich habe, Liebste, Ihrer Mahnungen eingedenk, meine Herberge unverzüglich in Augenschein genommen und bin — ohne mir Trost einreden zu wollen — zufrieden: das Personal ist zuvorkommend, redet einen rauhen, umständlichen Dialekt, die Schwestern, freundlich über die Maßen und eine Treuherzigkeit vorspielend, der ich nicht trauen möchte, da ließe ich mich auf zwiespältige Erfahrungen ein, — ich werde mich in einer fabelhaften Kavaliersposition einrichten können, ohne viel Zutun an Schwindelei und Maskerade, überdies sind die Damen durchaus abzuschildern, ansehnlich, beide zur Fülle neigend, was nicht auffällt, denn sie sind hochgewachsen und sich derart ähnlich, daß Verwechslungen geradezu auf dem Plan stehen müssen; die Seelen freilich werden so gleich nicht reden, wie es die Züge des Gesichts, die Gesten, selbst die Leiber tun. Aufregend also! Sie sehen mich auf der Lauer, Liebste, aber nicht, daß Sie nun eine schleunige Liebelei mit zwei gleichen Bildern sich ausmalen, der Reiz, ich gestehe es Ihnen — kaum einige Stunden bin ich im Hause —, reicht unvergleichlich tiefer. Eine romantische Passion des Zweiklangs, die Prüfung meiner selbst in der Verwandlung, welche die Gesichter nicht wechselt, Gesichter dazu, die nach Zärtlichkeit lechzen: schon sind altjüngferliche Krähenfüßchen um die Augen getrippelt, haben Spuren hinterlassen. Quäle ich Sie? Um Himmels willen, ich will es nicht. Denken Sie mich nicht verstrickt in eine Situation, die mich beherrscht. Ich werde sie, was ich versprechen kann, zwar auskosten, doch als Prüfung gewisser, mich seit langem beschäftigender Regeln, die den Geist mehr angehen als den Leib. Sich von Eros überlisten zu lassen, ist leicht. Ihn sich unterwerfen, auf den Versuch kommt es an. Fatale Lyrismen! Mein Denken reicht womöglich nicht aus, das Ende, auf das ich zustrebe, wissend zu umschließen: werden meine Gedanken dort nicht versagen, wo sie stillhalten *müssen*, reglos, wo das Ticken aufhört — nein, hier verstehen Sie mich nicht, ich bin mir fern, ich experimentiere. Kürner ist leider verreist und wird für längere Zeit im Norden bleiben. Ich bedaure es, war auf ihn eingestellt, hatte mir Fragen zurechtgelegt — Adieu Ihr N.,

schrieb diesen Brief, ein Nichtsnutz, was die Rührungen der Adressatin angeht, zufrieden mit seiner Lage, doch ein Phantast, der entdeckten Gestalten Handlungen zuspricht, genießend, was die Einbildung ihm zuspielt: dieser lebendige Spiegel, Gesicht gegen Gesicht, Frau gegen Frau, durch den du hindurchgehen wirst, wird dich neue Entfernung lehren. Daß er Theorie schamlos in die Realität trug, willens, Veränderungen vorzunehmen und zu ertragen, Verluste einzustecken — darin wird die Leidenschaft deutlich, hier schon und von nun an immer wieder, mit der er sich aus sich herauszulösen wünscht. Er hatte die Liebe sich zur Prüfung gewählt.

Wir können uns die Helden nicht aussuchen. Sie schlüpfen herein und fordern uns heraus. Er, Niembsch, provozierte nie. Er ließ andererseits auch nie zu, daß wir seine Fährte deckten. Er war besessen vom Scheitern, mehr noch, hingerissen von jenem »Ende«, das wir in Anführungszeichen setzen und dem er Vollkommenheit zumaß. Wir werden sehen. Wir wissen nicht mehr als er, zu dieser Stunde, im schönen, weiträumigen Haus der Stuttgarter Schwestern, über das wir, damit der Sturz nicht zu sehr erschrecke, einen Anflug von beständigem Taubengrau breiten. Wir haben es hier nicht mit der Abschilderung eines Milieus samt Personal zu tun, sind also nicht genötigt, alles aus dem Stuttgarter Hause der Vorstellung darzubieten, obgleich es reizvoll wäre und uns zu einer Mixtur aus Realismus und Pointillismus führte, jener Zeit so fremd nicht, wie es den Anschein haben mag, wir wünschen nur, Niembsch ein kurzes Stück zu begleiten, mit ihm zu sehen und durch ihn. Auch der Philosophie wollen wir nicht in die Quere geraten. Kierkegaard und wen sonst, haben wir nicht bemüht, um sogleich auf ein ganzes, in sich geordnetes System zu verweisen, er dient uns als anrührende Figur, als ein Denker, der sich in Lebensläufe einzumischen vermag. Wenn wir mit Don Giovanni zumindest bis zu dieser Seite mehr vorhatten, so seiner Gegenhaltung wegen, in die Niembsch — und wir kehren jetzt zu ihm zurück —

allmählich hineinschlüpft, nicht unwissentlich, doch ohne viel Willen. Er barg sich in die Zufluchten, die ihm von guten und interessierten Menschen geboten wurden; auch der Ruhm wärmte ihn.

Jeder Lebensabschnitt wird, übersieht man ihn im Nachhinein, von einem charakteristischen Tonfall geprägt, einer sich laut und leise wiederholenden Melodie. Niembsch entsann sich später einer dezenten, von erfreulichem Anstand geleiteten Geselligkeit. Die Schwestern führten ein gastliches Haus. Ihn, den Ehrengast, präsentierten sie voll redlichen und frohgemuten Stolzes. Als sie erfahren hatten, von durchreisenden Bekannten, denen er aus dem Weg gegangen war, denn ihnen haftete die Wiener Zeit, die unselige, auf immer an, er spiele vorzüglich Geige, einem Zigeuner ähnlich (bei seiner Herkunft, Madame, ein impressibler Könner!), baten sie ihn bei den Einladungen, verebbten die Gespräche, geduldig — er wehrte stets erst ab —, er möge seine Geige holen und seine Kunst — »wo ist dieser Mann nicht Künstler?« — vorführen. Zwar ließ er sich bitten, ausgiebig, aber er gab gern nach, war dann nicht angehalten, sich den Leuten zu stellen, Bewunderern, und spielte, so gut er vermochte, phantasierte, bestürzte die Zuhörer durch den verwegenen Ausdruck, der, sobald er das Instrument sich unters Kinn geklemmt hatte, sich in sein Gesicht ergoß, in das die strähnig schwarzen Haare hingen; die wilden, verzerrten Augen, die er ab und zu schloß, damit sein voller, im Stummen vibrierender Mund noch beredter sei. Für die biederen Schwaben ein Einbruch der Steppe, ein verwunderlicher Gast, dessen Gedichte

sie ihrer Exotik wegen so liebten, kein Hiesiger, und
sie nahmen ihn auch nicht an. Sie stellten ihn aus.
Niembsch verdroß es nicht. In Amerika, an langwei-
ligen Regentagen, genoß er die Stuttgarter Remi-
niszenzen. Sogleich fielen ihm Einzelheiten ein, beileibe keine glanzvollen, in ihrer Bonhomie höchst an-
genehme. Der Bruder, Gustav, hielt sich im Hintergrund.

Margarethe und Maria — sagte Niembsch die Namen
vor sich hin, drehte sich vor seinen Augen ein Zweier-
karussell, dessen beide Figuren er willkürlich mit dem
einen oder anderen Namen rief. Er gedachte sie nicht
auseinanderzuhalten, nein, und die Sympathie, die
er für beide hegte, war Sympathie, weil sie nicht eine
waren.

Wir brauchen Sie, Monsieur Niembsch, nicht jedesmal erneut zu laden, nicht wahr, Sie sind zu Hause?
Zur festen Stunde, gegen sieben, finden sich die Damen und Herren, im Salon, dienstags, donnerstags
und sonntags, freilich legen wir, was wir einzusehen
bitten, Wert auf Ihre Anwesenheit, doch sollten Sie
unpäßlich sein, einer andern Einladung Folge leisten
müssen, lassen Sie von uns sich nicht bestimmen —
eine der Schwestern hatte ihn dies wissen lassen,
Gustav hernach, umständlicher, noch einmal (ihn
rührte der schwerhörige Mann, der akurat das Vermögen verwaltete, seinen Schwestern gemeinhin
nicht ins Private redete). Sophie klopfte ohnehin vor
den Soirees bei ihm an, brachte das frische Plastron,
unwillig, wie es schien zu Beginn, mit wachsender
Freundlichkeit die Monate über, bis sie, kurz vor seiner Abreise, sich entschloß, ihm ihre Sorgen vorzu-

tragen: Sie wisset ja, Herr Baron, daß die Mädle koine Männer kriaget, des ischt fei arg und Abhilf könnet Sie au et schaffe, was er sich übersetzte, und sie erzählte ihm von ihren insgeheimen Mühen, die männlichen Gäste zu taxieren nach Heiratswert und -unwert, er sei eigentlich eine gute Partie, aber nur einer, einer! und das stünde aller guten Sitte darwider, ach, wenn die zwoi nur inanander schlupfe tätet, na wärs oifach — dachte Sophie und dachte manchmal auch er. Aber fesselte ihn nicht gerade das Doppelbild, der Zweiklang, mit dem er spielte, den er, zum Ergötzen der Schwestern, vorzüglich zu variieren verstand?

Er kam als einer der letzten. Die Unterhaltung sprudelte inzwischen; das Neueste aus Politik, aus dem braven, seiner Historie ergebenen Königshaus, aus Literatur und Kunst. Er wurde bestaunt, er war daran gewöhnt. Roller, der Poet, dessen Balladen er als prächtige Tageskunst einschätzte, enttäuschte ihn zuerst im persönlichen Umgang, eine politische Natur, ein Advokaten-Typ, nicht unangenehm, aber barsch und laut, von sich und seinen Plänen eingenommen, sicher kein Intrigant, aber in Intrigen eingesponnen und halbe Gefahren auskostend. Dem zwirnigen Männchen war er am ersten Abend gänzlich ausgeliefert. Die Schwestern bemühten sich um die sehr reizvolle, körpermächtige Frau eines Klavierfabrikanten, deren üppig-herzliche Schöngeisterei jedes Gespräch angenehm temperierte. Roller hingegen — Niembsch merkte, wie hurtig das Schwäbische gesprochen werden kann — vernachlässigte die Literatur, bewog ihn, das griechische Beispiel der Demokratie zu überdenken, redete auf ihn ein und war, als Niembsch ihn unterbrach und ihm sagte, welchen Eindruck ihm die historischen Balladen Rollers hinterlassen hätten, aus dem Redefluß geraten, mürrisch — er liebe die Gedichte Niembschs, bekannte er nach einer knirschenden Pause, aber wolle er denn allein der Poesie leben, er halte das für eine fragwürdige Lebensform, weshalb denn, warf Niembsch ein, fragwürdig?, das mag für dieses oder jenes Temperament zutreffen, und er würde nicht unbedingt die Poesie sich zur Lebensform wählen, sie habe ihn gewählt, und er besinne sich auf sein Joch, es gebe hier Grenzen zur Philosophie, die er für ebenso bedeutend halte wie, Herr Roller möge das erwägen, wie etwa die Übergänge zwischen der Geschichte seiner Balladen und der Gegenwart seines entschieden politischen Handelns. Bald gewöhnte er sich an Rollers eifernde Reden, nahm den kleinen Feuerkopf als martialische Begleitfigur. Noch kannte er Kürner nicht, noch rührte sich in ihm kaum die Schleuder der allerletzten Flucht. Noch würde er es ablehnen, Roller als Zeugen hinzunehmen. Der würde hingegen ein aufmerksamer und diskreter Zeuge sein, plötzlich vertraut jenen Gestalten, die er aus seinem Kreis ausschloß: den Flatternden, den Liebenden, den Kampflosen.

Gelegentlich blickte Niembsch

meine Karoline, die Gastfreundlichkeit dieses Hauses ist dem Ihren vergleichbar, und auch, daß die Wohlhabenheit nicht aus den Ritzen schwitzt, sondern freimütig benutzt wird, habe ich bei den Zargs kennengelernt, ach, Liebste, wären Sie hier — hier? Mein Wunsch taumelt auf der Zunge. Sollte ich? — — — Nein, beginnen Sie nicht zu zweifeln. Lassen Sie mich inzwischen träumen, da ist die eine, die andere, Sie sehen sie?, drüben, neben dem Flügel, die Frau Kommerzienrat erzählt eine ihrer hübschen, nie gleichen Familiengeschichten, sie hören beteiligt zu, die beiden Gleichen. Sind sie so gleich, wie ich es mir wünsche? Wie verlockend — liebste Karoline. — Ihrer Zuneigung bewußt, lasse ich mich auf das Abenteuer ein. Schmähen Sie mich: der will mich in die Eifersucht treiben. Er will es nicht. Daran zu denken, fällt ihm nicht ein. Er schlürft die Gegenwart. Er träumt, schon wieder? Bei beiden der helle Teint, empfindlich, wohlgepflegt, der hohe, seltsam lockere Hals, nicht ohne Kraft, bei beiden das vorwitzige Kinn und die vollen, ausgeschwungenen Lippen, nicht ohne Vorwitz — gern schlüpft die Zungenspitze, netzend, hindurch, kurios, bei beiden der hohe Abstand zwischen Oberlippe und Nasenflügel, ein bißchen ridikül — oder kindlich, ein Überrest — wir werden es kosten müssen, prüfen — Sie sehen, Geliebte, die Augen forschen, sind neugierig, das Herz nicht minder, aber weiter, die Augen, beider Augen . . . die Naserln hab' ich vergessen, zierlich und stumpf, ohne Rasse . . . die Augen hingegen, von kühlwäßrigem Blau, Unschärfe auf dem Grund, Ferne unter der schwimmenden Haut, geschwungene, nach oben geschwungene, dünnläufige Brauen bei beiden, bei beiden auch eine heftig gewölbte, kindliche Stirn, und bei beiden zartes knisterndes helles Haar, keine Perücke, Natur — nun? keine sonderlich einprägsame Porträtierung, wiewohl Sie das

»bei beiden« nicht einmal überlesen sollten, das potenziert den Schaugenuß, — genügte es nur, der einen mich zu leihen, der andern mich hinzuschreiben. . . . Tröstet Sie mein Dilemma? Welch eine Teufelei! —

beobachtete Niembsch, was er an späteren Abenden anders sehen würde und doch gleich, den Winkel eines Armes und den eines andern, die Zeichnung einer Lippe und einer anderen; Frau Kommerzienrat verstand, aufzuheitern. Der Diener bat, er möge zu den Damen Winterhalter kommen, sie wünschten es, er ging langsam auf sie zu, die Gebärden vergrößerten (vergröberten?) sich, auf die beiden zu, Maria und Margarethe, es waren nicht allzuviele Gäste da, die Damen hatten sich auf der Chaiselongue niedergelassen, vor einem Spieltischchen, ein Sessel war frei, wohl für ihn bestimmt, ging langsam, sah diese Gruppe und jene, spürte Lächeln, Neugier, hörte, geflüstert, seinen Namen, aus Ungarn?, in einem Ton gesprochen, als läge es eine halbe Tagreise unterm Mond, berühmt, hörte er, kam sich lächerlich vor, die Blicke hemmten seinen Gang, schnürten seine Arme, doch er vermochte sich zu lockern, wirkte vor sich und den andern leger, wahrhaft berühmt, nicht eitel, fremdländisch und anziehend: so siehst du dich, Niembsch, eine Schablone, zurechtgestrichen, makellos, hin und wieder albern und früher oder später Makulatur; Maria und Margarethe, er hörte sich sprechen: Sie wünschen mich, meine Anwesenheit, wird der lachenden Kommerzienrätin vorgestellt, liebenswert und naiv, verbeugt sich, küßt die Hand, wird vorgeführt, um sich einen

Hof von Schwesternstolz: elegant, nicht wahr, und gar nicht aufdringlich, trotz seines Ruhmes, sieht auf der Stellage die letzte Ausgabe seiner Gedichte liegen: von mir, und schämt sich für einen Wimperschlag, von mir, aber für wen?, gewahrt vier Hände, die sich befremdend gleichen, vier, hebt seine Blicke, sieht zwei Gesichter, die sich fast gleichen, hier und dort ein Einschub anderer Erlebnisse, unter ihren Augen, Margarethe, in ihren Mundwinkeln, Maria, aber das würde sich verwischen lassen, er war dessen sicher —

Komme Sie direkt vo Budapescht? — das war die Kommerzienrätin, die Pianofabrikantensfrau.

Nein, gnädige Frau, ich hatte mich in Wien aufgehalten, später einige Zeit in Linz, bei Freunden.

In Wien, so, dort, kenne Sie den Direktor Navratil, mit dem sein Musikverlag schaffe mir zusamme?

Flüchtig, da und dort sind wir einander begegnet.

Ha ja, Musik und Poesie, des isch net ois.

Sophie trägt ihm Süßwein auf, er lehnt ab, wenn's einen herben Roten gebe, dann bitte,

und verliert nicht aus den Augen die vier gleichen Hände, die vier gleichen Augen, die maliziösen Unterschiede auf den Flächen der Gesichter, und nimmt gleichzeitig wahr: um Roller bildet sich ein Kreis von eifrigen Zuhörern, der genialische Redner ist offenbar nicht willens, das Wort zu vergeben, redet und redet, eines der Lichter blakt heftig, Sophie, unermüdlich wachsam, das faltige Gesicht von rotem Wachs überzogen, eilt, den Docht zu kappen, Spiegelung auf den hübsch gemaserten Furnieren des Sekretärs, und er entdeckt einen zweiten, gleichen Sekre-

tär an der anderen Längswand des Salons, Roller
gesellt sich einer neuen Gruppe zu, er lacht, ein in-
telligentes Marabugelächter, ein plumper Nachtfalter
taumelt um die Lampe, deren Sophie sich angenommen hatte, die vier Hände bewegen sich nach einem
verläßlichen Rhythmus, Frau Kommerzienrat berich-
tet etwas Lokales, worüber man herzlich aufjauchzen
kann, ein schwerer, dunkelhaariger Herr, vortrefflich gekleidet, obschon der Anzug vernachlässigt
scheint, begrüßt mehrere Leute, Gustav, der Bruder,
ein Glas zerschellt irgendwo, Sophie?, die Mamsell?,
waren sie ungeschickt gewesen?, sieht seine Hände
unsicher werden, es sei erlaubt zu rauchen, Roller
paffe bedenklich viel, warum sollte nicht auch er?
sagt Margarethe, sagt Maria, und die Kommerzienrätin beugt sich zu ihm, sie habe sei Bändle dabei, ob
er's net signiere wollt? Von Herzen gern, nur später,
und sieht den Bruder, sich einem sehr alten, gebeug-
ten Manne widmend, dies sei der Gemahl der Kommerzienrätin, in ganz Europa geschätzt, eine Zelebrität wie er, aber man bedenke, auch Roller, und Kürner möge er nicht vergessen; sieht gleichzeitig vier
gleiche Hände, Roller wechselnd von Gruppe zu
Gruppe, versunken in sein Selbstgespräch, der ster-
bende Nachtfalter, Sophie, die Gläser auf einem
Tablett, ein blaues Stück Satin, es schluckt verzärtelt
Licht, Pelz, zwei gleiche Dekolletés, vier gleiche
Hände, den Bruder, verdrossen Gäste begrüßend, den
greisen Kommerzienrat, auf einem Sessel für sich
in einer Ecke, reibt die knochigen Hände an einem
Glas, hört aus zwei Mündern »Der Garten ist
vorbereitet«, steht auf mit den andern, heute

und übermorgen und in einem Vierteljahr, bietet Margarethe den Arm, bietet Maria den Arm, welcher?, der Bruder nimmt die andere, und in Zweierreihen die blanke Holztreppe hinunter, sie ist breit, das Geländer geschnitzt, das schönste im Hause, voran Maria und ein Diener, sie halten über ihren Köpfen in Glaskugeln schaukelnde Lichter, und er verliebt sich in das Gärtchen, sofort, wird es nicht mehr vergessen, »welch ein Zauber«, sagt er, sich zu Maria, zu Margarethe beugend, und die lächelt, die lächeln zufrieden —

Der Garten! den muß ich noch schildern, Karoline, ihn darf ich nicht vergessen: Sie sehen die Schwestern in ihm lustwandeln, ja?, wenn er nicht zu klein wäre, sehen Sie: die Lampions, zuerst, es ist Nacht, sie verschönen, was schön ist, sie leuchten es nicht aus: vierzig Schritt in die Länge und vierzig in die Breite, daran lehnt die Rückfront des Hauses, zweistockig und ocker gemörtelt, erinnert — und Sie kennen die Gegenden — an die Fronten auf veronesischen Plätzen, und das Haus überbuckelt in seiner ganzen Breite ein Höfchen, auf welches man, regnet es, flüchten kann, sich setzen in geflochtene Stühle, die Decke, rauh, mit bunten Bändern zugehängt, ein Faschingseffekt, wenn Sie wollen, mich erheiterte er allezeit, und von da aus können Sie auf den Garten blicken, niemand stört Sie, die Gäste sind fort, der Bruder brütet droben, unterm Dach, — sehen Sie: zur Linken die Mauer des Nachbarhauses, ein kräftig schützender Burgwall, überwuchert von einem mir unbekannten Gewächs, das vom Frühling bis zum Herbst weiß blüht, nur rechterhand, wo die

Mauer sich dem Schwesternhaus anschmiegt, ist aus dem Gewucher eine Höhle geschnitten, die gehalten wird von einem hölzernen Laubenbau, der Gärtner hat zu kämpfen gegen die schlingenden Pflanzen, die sich durch Lenz- und Herbstschnitt nicht bekümmern lassen, eine Laube, darin eine Schleiflackkommode, in der Gläser und Karaffen aufbewahrt werden, zwei Diwans, Sessel und zwei einbeinige Tischchen. Senden Sie Ihren Blick weiter, die Mauer entlang, er kommt an die Stirnseite des Gärtchens, dreißig, vierzig Schritt, das ist zu überschauen, und die Mitte hat er ausgelassen, dort, am Ende, ist der Abhang zum Plateau aufgeschüttet worden, steil aufgetürmte Steine halten die Erde, der Blick verfängt sich in einem grünen Holzzaun, schweift, nicht abgelenkt, einige Breiten hoch, und wiederum ein Baldachin von weißblühendem Gesträuch, links ebenso; um die Mitte läuft ein mit grobem Kies gestreuter Weg, er faßt den Rasen ein, in dem ein ovales Wasserbecken eingelassen ist, darin schwimmen Goldfische, so genügsam wie heikel, fast fingerzahm. Und rund auf dem Pfad wandeln Leute, in der Laube sitzt eine Gruppe, sie scharen sich — wie kann es anders sein und ich höre sie hellauf lachen — um den unermüdlichen Roller, der einen dritten oder vierten politischen Weg ersinnt, diesmal bestimmt keinen Irrweg — wofür ich mich, liebe Karoline, gar nicht verbürge, auf dem Gartenpfad einige Personen, ein paar am Bassin, die Fische lockend, doch die scheuen das schwankende Lampionlicht und sind unter die Pflanzen geschlüpft, die vier Hände, dort, im täuschenden Dämmer, vier Augen, die ich nicht sehe, denke, nun sehe: gleiche Gesichter, nur die Spuren der Jahre sind verschieden gelaufen über Wangen, Lider und Stirn — wird der Garten kleiner, wird er größer? da ließe sich ein amüsantes Spiel in Szene setzen, geheim!, sie verkleiden sich, die beiden Damen, der Herr (ein Graf? ein Gauner?), die Musik setzt ein, aber ich bitte Sie, fragen Sie mich nicht, von wem, gemessenen Schrittes umwandert man das grüne Geviert, die Wege teilen sich, überkreuzen einander, man wirft sich Blicke zu, es spannt sich wie von selbst, sie berühren sich, der Herr wird kühner, wirft Kußhände, die Damen lachen auf, sie gehen rascher, ihr Atem wird kürzer, sie wandern im Kreis, und der Graf bleibt stehen, während die Damen ihn weiter umwandern, den Kreis verengend, an seinen Kleidern zupfen, mit den Fingern flüchtig über sein Gesicht streichen, die Musik bricht ab, der Herr verbeugt sich vor der Dame, bietet ihr seinen Arm, sie scheinen düsterer Stimmung, da setzt die unsichtbare Kapelle wieder ein, als habe sie das Finale vergessen zu spielen, die Dame reißt sich los, verdoppelt sich, die Mädchen stehen vor dem Mann und schütteln sich vor Lachen, der winkt nach seinem Diener, ungehalten — er kommt nicht, der Bursche, der Herr wendet sich ab und hält sich die Ohren zu, verschwindet im Gesträuch, während die Damen auf dem Kiesweg gehen, in eine freundliche Unterhaltung vertieft — eine kleine Einbildung, Karoline, nicht begehrenswert dazu, wie wird dem Ärmsten mitgespielt, wo ihm doch aufgespielt wurde —

dieser Abend oder dieser: der Garten ist leer, Niembsch hat sich von

Sophie eine Flasche Remstäler herunterbringen lassen, er liest, er gibt vor zu lesen, er sieht auf das Rondell, aufs Bassin, drei eilende Tupfen Rot darinnen, schuppige Irrlichter, die Lampions sind verschwunden, er hört Roller, vielleicht, ich muß es mir überlegen, eine parlamentarische Monarchie, aber wie? und die andern Länder, das Reich? und wenn man weiterdenkt?, zwei Damen, Margarethe und Maria, spazieren über den Weg auf der Gegenseite, im Schatten der überhängenden, weißlackierten Ranken, sie tragen nicht die gleichen Kleider, die eine ist wärmer angezogen, trägt einen pelzbesetzten Überwurf, Margarethe ein rosenholzfarbenes Sommerkleid, — spürt eine Hand auf der Schulter, wendet den Blick heftig und erschreckt nach hinten, so daß sich alles, was er sieht, verzerrt, fragt sich, ob es Zarg sei, aber der kann es nicht sein, hier, oder Gustav, aber so kurzgewachsen ist er nicht, dann wird es Roller sein, der politische Kauz, die Hand greift freundlich zu: Roller sind Sie es, die Hand weicht, er folgt wieder den Frauen, wie sie die Wege wechseln, eine im Winter und eine im Sommer, mit gleichen Gesichtern, vier gleichen Augen, er steht nicht auf, um mit ihnen zu sprechen, mit Maria, mit Margarethe, an diesem Abend oder an diesem —

wollen Sie uns nicht auf der Geige spielen, Herr von Niembsch? das ist Maria, sie fragt, die Kommerzienrätin fährt auf, also isch er doch musikalisch, der Herr von Niembsch, des han i mir glei denkt, von wege bloß Poesie, natürlich solle Sie schpiele, noi, Sie müsse! und reckt sich fordernd auf, Sie müsse, ja! Margarethe bittet auch, der Bruder hat sich inzwischen zu ihnen gesellt, und findet ebenfalls, es würde die Gesellschaft erfreuen, die Gespräche begännen zu verebben, wie an jedem Abend ein- oder zweimal, das würde ihnen allen Erholung gewähren, Musik, und mit musikalischen Leuten habe es der Herr Niembsch in diesem Kreis zu tun, Roller dilettiere vorzüglich auf dem Piano, Kürner, der leider fehle, lebe von Sphärenmusik, der außer ihm nur ein gespenstisches Weib, seine »Seherin«, zu lauschen verstehe, eine wirre Person von unzweifelhaft höchsten, allerdings absonderlichen Gaben, die er, Gustav Winterhalter, es sei bekannt, ausdrücklich ablehne. Niembsch läßt sich eine Weile bitten, die andern haben davon gehört, der Gast könne Geige spielen, wie man es in seiner Heimat vermöge, er holt sein Instrument und spielt, phantasiert nach der Laune des Abends, ein rigoroser Romantiker, Applaus nach jeder Pause; Roller taut auf, er solle ihn aufsuchen mit seiner Fiedel, dann könnten sie sich im Duo messen, nicht übel, sagt Niembsch, der Einladung werde ich folgen, und die beiden Herren verbeugen sich, während die Kommerzienrätin ihr gewaltiges Lachen ausstößt, werweißworüber, über das Lachen oder die Verbeugung oder die Einladung, gewiß nicht über das Spiel des Dichters, das sie virtuos genannt hatte, fremdländisch, der ungarische Einschlag, von dort, aus Ungarn und aus Böhmen, kämen die besten Musikanten Wiens, man denke nur an Haydn, den han i no kennt ond a lieber Mensch ischs gwea.

Bisweilen las er vor; während dem fielen ihm die Augenblicke des Entstehens ein, Orte, wie hinter einer Glaswand, reglos, ein Schilfversteck am Neusiedlersee, der rohe Holztisch der Wiener Herberge, ein Fensterausschnitt im Zargschen Hause, hell, heiter, oder der Schmutz, die Verlorenheit irgendwelcher Reisen, Nachtaufenthalte in Gasthöfen, das Rumpeln der Pferde im Stall, die Gespräche der Kutscher in dem von Altanen umlaufenen Hof, ›Neunteifel‹ hat einer geheißen, dort war dieses Gedicht entstanden, das er eben las und das rasch über das stillstehende Bild hinweglief, von ihm abgetrennt. Die Wiederholung der Abende, der Leute. Häufig suchte er Zuflucht im Garten. Wer nach ihm fragte, wurde sogleich, meist von Sophie, hinuntergeschickt, auf seinem Zimmer vermutete man ihn tagsüber nicht. Er schrieb nichts von Belang, auch selten Briefe. Sammelte jedoch Material und Einfälle für sein Don-Juan-Epos, das er noch in Stuttgart anzufangen gedachte. Ein ins Mythische reichendes Lebenspanorama. Mit Roller, der sich ihm mehr und mehr anschloß, unterhielt er sich darüber, ein für den Verlauf seines Experimentes wichtiges Gespräch: Beiläufig sagte er Roller, daß er sich mit Don Juan befasse, ein größeres Gedicht könne, wenn ihm nicht die Lust verginge, die Gestalt ihn nicht wieder verließe, das Ergebnis sein; Roller, zögernd und witzelnd, bemerkte, er pfusche da erheblich auf seinem Gebiete, doch wolle er lieber abwarten und weshalb überhaupt Don Juan, nach Mozart, solle er bedenken, sei es schwierig geworden, eine neue, anregende Fassung dem Stoff zu geben. —

Er sei dem Weiberhelden gewissermaßen über den Weg gelaufen, habe seinen Schatten gesehen, vor sich und neben sich, habe aufgeblickt, in die ironischen Augen des Mannes, der Eros zu überlisten versuchte und in dessen Fußangeln geriet, und er habe konstatiert, wie sehr das Laster dem Wissen gewichen sei, eine fürwahr erstaunliche Wandlung.

Aber der Bursche ist doch rundum gemein! Was können Sie ihm abgewinnen, die Abgefeimtheit, den fortwährenden Betrug, nicht nur an andern, auch an sich selbst! Roller erzürnte sich: Eine Metamorphose Luzifers ... brach ab, rannte mit kurzen Schritten hin und her, riß an den Ranken der Laube: Sie werden mich mißverstehen, Niembsch, meinen Sie nicht, ich übersähe die Tiefe, das Wahrbild dieser Gestalt, auch nicht, er entzöge sich mit seinen Übungen ganz und gar unserem Zeitalter — und grinst freundlich doppelsinnig seinen Gesprächspartner an —, aber mich erregt nicht der Fant so sehr wie seine Opfer: da hören die Poeten zu reden auf, und die Musiker schreiben an Zierat kühne Arien für die arme Anna, foppen Elvira, und Zerlinchen darf eben noch einen kleinen Schrei ausstoßen. Das sind keine Gegner. Der Komtur schon eher, doch er muß sterben, gen Himmel fahren, um Don Juan in die Hölle stoßen zu können. Haben Sie noch nie überdacht, daß Juan erst scheitert, da ihm ein Mann entgegentritt? Die Frauen unterliegen. Die Gerechtigkeit bedient sich, welch ein bedenklicher Umweg, eines Standbildes, das zu sprechen und zu handeln fähig ist. Den Opfern wird kaum ein Blick geschenkt; sie rechtfertigen die Handlung — Spielweiber, mehr nicht. Was lassen sie sich von dem Verführer fangen? Es ist nicht seine Schuld, es ist die ihre. Und der kaltblütige ...

Niembsch fällt ihm ins Wort: Kaltblütig, war er es, ist er es? Ein Gedrängter scheint er mir viel eher, einer der nicht aufhören kann. Hat er geliebt? Wen hat er geliebt? Oder was?

Wir lernen ihn schon als Erfahrenen kennen, Roller, als einen, der übers Probieren hinaus ist, der nicht mehr verlieren kann, mühelos gewinnt er die Seelen, die Leiber, die Lippen, zerstört das Vertrauen, belustigt sich über Zuneigung und Feuer, denn wie wahr ist sein Feuer noch, Roller, wir wissen es nicht? Ist noch Glut da, täuscht er nur vor, ein satanischer Gaukler, der sich spiegelt in der Wiederholung: sieht sich verfangen, ein junges Mädchen, mag sein, eine Landadelige, ein kräftiges, doch empfindsames Gesichtchen, mit breitgeschnittenen überflaumten Backen, schmalen lebhaften Augen, unruhigen Lippen; er, aus der Stadt, hochelegant, bis in die Fingerspitzen voll anzüglicher Gestik, gespannt, erfüllt von einem animalischen Geist, den der Intellekt mühevoll zügelt, schwarze, ein bißchen verschlagene Augen, ein junger Grande. Es bedarf kaum der Werbung, er strengte sich nicht an, er gewann das Mädchen leicht, mit schöner, sie einhüllender Lässigkeit, das Tier wiederum, wenn Tiere lächeln könnten wie er.

Er liebte sie, Roller, er verzehrte sich nach ihr. Seine Kniffe und Überrumpelungen waren unschuldig, wie alles in diesem Alter und beim ersten Male. Wie verlor er sie? Was trieb ihn von ihr fort und in die unabsehbare Reihe hinein? War es sein Charakter, das Juaneske, was uns zum Begriff geworden ist? Ich bezweifle es, Roller.

Roller hatte sich gesetzt, einige Schritte weit von Niembsch entfernt, hörte ihm mit gesenktem Kopf zu. Hörte er zu? Beschäftigte ihn das Problem, mit dem Niembsch so dringlich umging? Er hob beide Hände: Sprechen Sie weiter, Niembsch, erklären Sie sich — Mich?

Sich oder wen Sie wollen.

Ich wähle ein Ereignis von Außen, unerwartet, umstürzlerisch. Wer ist imstande, das elastische Gespinst dieser frühen Liebschaft zu zerreißen? Weiber, die viel wissen, die sehen, was unsichtbar hält. Lüsternheit schmilzt das Filigran.

Sie ist älter als die beiden in ihre verwirklichten Träume Verfangenen. Mit Eros geht sie um wie mit einem Lakaien, zitiert ihn herbei, daß er ihr dienstbar sei, herrscht ihn ob seiner Unvollkommenheiten an, jagt ihn nach Belieben davon. Sie hat von der delikaten Amoure gehört: die beiden sind bekannt, stammen aus angesehenen Familien, die wohlwollend fördern, was kaum mehr zu fördern ist. Sie bedarf, die Grande Dame, einer erinnernden Auffrischung, des jüngeren Blutes. Und sie gewinnt ihn leicht, zu leicht, Roller, weshalb? Ihre Verführung gebärdet sich nicht aufdringlich, ist dezent, doch alles, worauf sie weist, scheint dem Tölpel ungeheuerlich weit und die Einbildung des Unerfahrenen steigt ins Unermeßliche. Er treibt ein verkapptes Spiel, trifft sich weiter mit dem Mädchen, wiederholt die Schwüre, deren Sinn sich rasch verschleißt, und kehrt, heimlicher denn je und die Heimlichkeit schürt den Reiz, bei der Älteren ein. Sie belehrt ihn, genießt seine unverfrorene Lernfreude, sie fälscht ihn. Indes, mit seiner Gelehrigkeit hat sie nicht gerechnet, auch nicht, daß er solcher Faibles schnell überdrüssig werden könne und daß etwas in ihm keime, was sie, unwissend in ihrer Gemeinheit, gesät hat: die Suche. Die Dame befriedigt ihn nicht, Roller, keine wird es mehr vermögen, sie reißen immer kräftiger in ihm die Sehnsucht auf, Erfüllung zu finden. Er entledigt sich dieser und jener Herrin, gerät in Verruf, was seinem Rufe hilft und die unendliche Aventüre erobert die Szene.

Werden Sie so in Ihrem Epos vorgehen?

Ich bin mir nicht klar, da höre ich Dämonen, die mitreden wollen.

Gut, sagen Sie mir später, wohin es treibt. Ich ahne Sie in einer bösen unlöslichen Schlinge. Wir Schwaben fürchten uns vor solchen Mißhelligkeiten und polieren sie mit Realismus auf. Prosit! mein Lieber, lassen wir uns die Stunde nicht verdrießen.

Die Schwestern schließen sich ihnen an, das Gespräch verliert, gottlob, an Gewicht, und Roller, ein vortrefflicher Beobachter, notiert die dreifache Spannung, die sich da geschlossen hat, und es schaudert ihn, der, wie gesagt, eines kräftigen Realismus bedarf, um der Geister Herr zu werden. Der ihm gegenüber saß, bequem zurückgelehnt, die schweren Lider halb über den Augen, dieser oder jener zusprechend, überaus gefällig und irgendwelchen diabolischen Träumen verfallen, war ihm fremd. Einer seiner sardonischen Launen nachgebend, wandte Roller sich, abschiednehmend, an Niembsch und bemerkte so laut, daß es die beiden Damen hören konnten: Adieu Niembsch, ich hoffe, wir können unser Gespräch weiterführen.

Treiben Sie Ihre Philosophie nicht zu weit ins Leben hinein, das hat dieser wie jenem selten wohlgetan. Oder soll ich sagen: dieser wie jener?

Maliziös, lieber Roller, erwiderte Niembsch, wir werden sehen.

Zarg fand, nach Karolines Tod, die Briefe Niembschs, ordentlich und der Zeit folgend, gebündelt in einer Kassette. Die Lektüre entsetzte ihn von neuem, aber der Mann, der dies geschrieben hatte, war dahin, so gut wie dahin, und er entschloß sich, sie aufzubewahren, ein Menetekel des genauen Wahns. Nicht wenige Briefe waren aus Stuttgart abgeschickt, verfaßt in dem Hause der Schwestern und hielten minuziös den Fortschritt im Doppelspiel fest. Wovon einer wiedergegeben sei, eine frevelhafte Verletzung der Adressatin, was scherte das den Schreiber:

Madame! entsinnen Sie sich des Hausgärtchens? ich gebe zu, eng, aber den Goldfischen im Bassin läßt sich zusehen, wer Geduld hat, kann das eilfertige Wachstum des Efeus beobachten, Sie sind dabei gewesen, auch wenn Sie es abstreiten sollten, die Situation könnte prekär werden, der strenge Gemahl, der hurtige Poet — schonen Sie ihn, Madame, er bedarf Ihrer Zärtlichkeit, Ihrer Fürsprache, jetzt und später. Sie fragen mich nach Maria und Margarethe, nach den Fortschritten auf meinem frevelhaften Weg und setzen Fortschritt in Gänsefüßchen, wen verletzend, ihn oder mich, gar die freundlichen Stuttgarterinnen? Sie sind nicht im Recht! sehen Sie sich vor. Ich bin bester Laune. Hören Sie zu. In meine Briefe stiehlt sich Verschwörerton, ich schreibe mit gesenkter Stimme, mit opalisierender Schrift, wie sich's geziemt, denn ich sehe mich, liebste Karoline, durchaus bestätigt in meinen Planungen, nur schmerzt gelegentlich mein überlegender Kopf, ein solches Doppelspiel strengt an, hören Sie zu!: der Bruder, schilderte ich ihn?, ein freundlicher Tölpel, Hagestolz aus Profession und Zerberus von Geburt (welch eine Aufgabe ist ihm hier gegeben), war unverzüglich ausgespielt, er merkte nichts. Ich schlug ihm angelegentlich die höflichsten Floskeln um die Ohren, besuchte sämtliche Hausfeste, spielte mustergültig die Violine, wobei es mich an manchem Abend in der Tat überkam, schmeichelte einigen Damen der Gesellschaft, die mich für meinen Zweck nicht interessierten (und Karoline fragte sich, wer ihm diese gräßliche, sie kränkende Aufgabe denn gestellt habe: entspringt das ganz und gar seiner Seele, dieses Bürschlein aus meiner Lehre, das sanft war und von wenig Ausdauer, begreife es eine, mir gelingt es nicht), und behandelte die Schwestern mit distancierter Courtoisie, den Wachsamen beruhigend, die Neugier der beiden Damen schürend, wie Sie sich ausmalen können, Unvergessene. Aber wohin führt es?, werden Sie einwenden, lieber Nikosch, die Damen werden in Eifersüchteleien übereinander herfallen und werden dem Tunichtgut allsogleich den Weg versperren, ein für allemal. Sie unterschätzen das Phänomen der Gleichheit. Mich bestürzt es. Sehen Sie hin, sie stehen sich gegenüber, Maria und Margarethe (gewiß, ich vermag sie jetzt ohne Mühe auseinanderzuhalten, die Frauen, nicht die Namen, die Namen, nicht die Frauen), sie sehen sich an, sie lächeln, sie verziehen das Gesicht, sie reagieren auf eine kleine, immer noch maßvolle Überraschung — aber sie können tauschen, Karoline, ohne Umstand. Da seufzt Maria und ich höre ein Echo, nein, ich vernehme Margarethe, dieselbe gespreizte List, die behäbige Koketterie. Ein angenehmes Instrumentarium, leicht zu spielen ... von unverzagt robuster Stimmung, nichts Überhitztes, doch auch keine feinen Eigenheiten, der Herr von Niembsch wird spielen, die voluminöse Pianofabrikantensgattin, charmant, sage ich Ihnen, man täuscht sich leicht in ihr, und ich würde mich nicht wundern, durchschaute sie einen geringeren Teil meiner Pläne, lädt zur Konversation an dem einen, die Schwestern empfangen am andern Tische, Herr von Niembsch gesellt sich, mit Bedacht, Allerliebste, erst zur charmanten Dicken, läßt sich in einen Dialog über die Vorzüge Beethovenscher Kammermusik ein und sie versprüht — wie schade, daß Sie ihrem Schwäbisch nicht lauschen können — ungemeine Kenntnis, scherzt mit dem Tiefsinn der Motive, trällert, beordert einen jungen Mann zum Klavier, damit er ihr accompagniere, und säßen Margarethe, Maria da drüben nicht, ihn ablenkend, er bliebe sitzen, stumm, der Nikosch — aber nein, nach einiger Zeit schlendert er hinüber, ganz und gar unverfänglich, zu den Schwestern, wobei er nicht verhindern kann, daß im Nu die Funken fliegen. Ich wüßte keinen Dialog zu memorieren, wie überhaupt das Wörtliche — jenes, das uns beschwingte — hier auch fürderhin keine Rolle spielen wird. Eher denn ist's eine mimische Vorstellung. Maria lädt in die Veranda ein, sie wolle ein Büchlein zeigen, welches sie sich erstanden (wie es sich herausstellt, Erzählungen von Roller), und nickt, beruhigend, dem Bruder zu, bleib nur an deiner Stelle, Gesell, das ist nicht mehr als ein Freund, fast schon ein Faktotum, die Zierde unserer Abende, was mehr, — das war delikat und raffiniert arrangiert, doch beide gehen mit, beide!, meine Karoline, in bezwingendem Selbstverständnis, was wäre die eine auch ohne die andere, im Leben wie in der Liebe — nein, das nenne ich kein Experiment mehr, das begibt sich ohne Zutun, ohne Ränke, um so trefflicher — der Vorhang wird zugezogen, die Bedienerin bringt auf einem Tablett Tee, wohl vor längerem schon bestellt, sie hatten mich also unter die Spielregeln genötigt, nicht ich sie, was meinen Zorn nicht schürt, eher denn meine begeisterte Verwunderung. Da schriebe, wenn er wollte, einer eine Geschichte, Madame: sie bräche sich vielfach im Spektrum der Ironie, denn wer ist wer, und ist es nicht womöglich gleichgültig, festzustellen, wer wer ist? Wird hier nicht die Vertauschbarkeit zum Prinzip der Lust, wenngleich es so einfach nicht ist, wie man bei der ersten Lektüre annehmen könnte. Gewahren wir eine Entwicklung — aber wohin? Wird das Leid der beiden Schwestern hernach, wir ahnen es, sie so zu einem Wesen verschmelzen, daß der Protagonist (einer nur von dreien), es aufgeben muß, nach Identität im Dreieck zu fragen. Erübrigt sich die Exercise der Wiederholung nicht unter solchen Aspekten? Wir werden sehen. Die Geschichte freilich, noch nicht geschrieben (und wer wird sich damit schinden?), gliche am ehesten einem Musikstück mit Themen, Variationen, Rückgriffen und Wiederholungen, die Krebsgänge nicht vergessen, Umkehrungen auch — so vieles, was unsere armselige

Sprache nur im Anschein wiedergibt, was die Reflexion, der wir huldigen, allemal flugs zerstört, verwischt — sehen Sie zu, was sich folgern läßt: die Damen, sich allmählich erhitzend, und der Herr von Niembsch, nun auf diese Melodie eingehend, ihr nachgebend, sie leitend, kurz vor dem Ziel: ein Lichtregen, ein Duftschwall, Eros, mit Silberflügeln versehen und ein angenehmer Teerausch dazu: Wir hören, Niembsch — eine Eigenart, liebe Karoline, an die es sich zu gewöhnen gilt: Margarethe wie Maria sprechen nie in der Einzahl, sie vereinnahmen stets die andere, unterhalten sich stellvertretend für sie, was zwar gleichgültig ist, die eine argumentiert wie die andere, doch es entbehrt des Reizes nicht —, wir hören, Niembsch, Sie befassen sich mit einer Juan-Tragödie? — Da hat Roller aus der Schule geplaudert. — Wer auch immer, ist es wahr? — Ich versuche mich. — Ein schauriger Stoff. — Nicht im geringsten; nur, daß ich an ihm scheitern könnte. — Ahnen Sie denn, welchen Lauf Ihr Epos nehmen wird, sind Sie gar schon weit genug vorgedrungen, um uns einiges mitzuteilen? — Demoiselles, wenn es mir so leicht fiele wie einigen anderen Herren, Ungeschriebenes zu replizieren, Ungedachtem Kontur zu verleihen, ich würde es unbedacht tun. Nur das Gelächter ist mir haften geblieben, ein unbezwingliches Lachen, Antwort an Luzifer, ihm nah und ihn vertreibend, Sie entsinnen sich, auf dem Friedhof, unterm Standbild des Komtur und später, bevor der Steinerne Gast sich meldet, ein Lachen, das ich nicht vergessen will. Weshalb lachte mein Freund so wild über alles und sich selbst hinweg? Hatte er etwas erfahren, übersieht er plötzlich den Weg, den er gegangen, den er verliebt und verlebt, eine Zusammenziehung, etwas, das faßbar wird, das sich fortwerfen läßt, etwas, das abgetan ist, nicht mehr nur Erinnerung, Wiedergefundenes, Zeit, schal geworden im Vergessen, etwas, das sich hergibt als er selbst, als Ganzes, als Gestalt, für immer und zum Exempel. Verzeihen Sie, welche unwirschen Gedanken, todessüchtig, in welch entzückender Umgebung. Denken Sie, er hat geliebt wie nur einer, und sein Zauber bewahrte sich auch in jenen, die er in Verlassenheit stieß. Er wäre uns entschwunden, redeten nicht die Weiber von Epoche zu Epoche mit glühenden Zungen seine Legende, die ein Bruchstück der Wahrheit ist, und die willigsten Eroten, die Künstler, erbarmen sich seiner und schenken ihm Wirklichkeit zurück. So also wird's, seufzte eine der beiden, beide, liebste Karoline, und begriffen so gut wie nichts, in ihren Augen jedoch spiegelte sich jener Himmel, der das Tagwerk des Giovanni war und weshalb nicht auch das meine? —

Er reiste noch einige Male, dennoch nistete er sich ein, es schien, als habe er das Stuttgarter Haus, sein Zimmer unterm Dach, den Garten im Sommer und im Winter zur endgültigen Bleibe gewählt. Was er noch an Namen fand, an Bewegungen aussandte, es haftete ihnen Gleichgültigkeit an. Er ging (an diesem Abend?) in das Zimmer von Margarethe, und fand sie beide. Kein Schleichweg über die Altane, nicht Karoline, er schlenderte. Der Bruder hatte sich zu einem Abendschoppen begeben, die Bediensteten schliefen. Die Damen unterhielten sich, Margarethe lag im Bett, Maria saß vor dem Spiegel, so, daß sie ihrer Schwester im Glas begegnete, kämmte ihr langes Haar, eine derbere Loreley, im Schutze eines bürgerlichen Abends. Er klopfte an, zwei Stimmen sagten, treten Sie ein, sie hatten ihn wohl erwartet, er fand sich ein, kein Gast, ein nötiger Dritter, das Amalgam der Nacht:

Maria sagte ihm durch den Spiegel einen Gruß, hielt nicht ein in ihrer sanften Tätigkeit, Margarethe stützte sich auf den Arm auf, heuchelte liebenswürdig Überraschung, sagte: Guten Abend, Nikolaus, er setzte sich nicht, wanderte durch das Zimmer, betastete Holz und Spiegelglas, zupfte an Gardinen, seine Augen flatterten unersättlich und erfaßten jegliche Bewegung der Frauen, den kräftigen Rücken Marias, die erhobenen nackten Arme, das bleiche Dekolleté Margarethes, dann nahm er Platz, auf der Kante eines Stuhls, Maria stand auf, sie hatte ein weißes Gewand an, das ihren Leib nicht verbarg, und das nicht allzu große Zimmer füllte sich mit hüstelnder Erwartung, nah an der Grenze des Lächerlichen, zugleich der Einbruch von wohltuendem Gleichmut, da sich jetzt ohnedies ergäbe, was er sich ersonnen hatte, seine Wünsche lösten sich ein ohne Zwang, ein kurzes Gefühl von Erbärmlichkeit, das sich verwischte, er wartet, sie warten, das Rascheln der Stoffe, das Tapsen der Schritte ist verstummt, daß er auf einmal nichts mehr sehen, nichts hören will, stört ihn, du solltest, mein Freund, deine Rolle ist vorgegeben, er beugt sich, was tun?, über Margarethes Hand, wie war sie gekommen, küßt sie, sie nimmt es (»schalkhaft«?) mit einem merci entgegen, die erste Silbe schwäbisch gedehnt, und merkte, wie hübsch, sogleich die Hand von Maria, beginnt die Szene wieder, setzt fort, was gewesen ist, mérci, auch diese, ein Echo, und er: Er habe angenommen, die Demoiselles hielten von solcher Übung wenig, darin sei er fehlgegangen, weshalb auch solche Erwägungen?, erwiderten sie ihm, das werde sich, wenn er's wünsche, erweisen, und er: Wenn er's wünsche, gestattet sich einen Atemzug Furcht, gibt der Erregung nach, verliert sich in geläufiger Ironie: Eure Schönheit, Mägde, ist ein verwirrendes Spiel, Ruf und Echo in einem, welche Muse mag Euch erfunden haben, mich zu verführen, zu blenden, seid Ihr mein Einfall, bin ich Eurer?, seid Ihr mein Traumbild, doch halt, dem entgegnet Wirklichkeit. Maria geht zum Fenster, zieht die Gardinen zu, schenkt die Anmut ihres Schattens, pustet die Kerzen aus, die Nacht ist hell, der Mond schlüpft durch die Seide, verstreut seinen Staub, er hört das gefällige Geraschel von Kleidern, faltet die Hände auf den Knien, genehmigt der Torheit, daß sie seinen Geist einnehme, es wird sich ergeben, Niembsch, da ist ein Arm, er hebt seinen Kopf, ein atmender Schatten, nicht, meine Erinnerung, nicht die Wörtlichkeiten, ein anderer Arm und noch einer, sie machen sich behend an ihm zu schaffen, lustige und lüsterne Finger, sie entkleiden ihn, ein Knabe vor dem Bade, zweie, wer bist du, fragt er den Schatten, die Schatten, Margarethe bist du es, Maria du?, Margarethe, Maria, ein lispelndes Duett, ihn narrend, komm, sagen zwei Stimmen, sagt eine, er läßt sich betten, er liegt, zu seiner Rechten die eine, bist du es, Margarethe, du, Maria? sie antworten ihm, belustigt, als eine, sie führt seine Hände, eine atmende Landschaft, nicht daß er sich nicht ängstige, nicht ohne Unwillen, er fügt sich, gibt nach, und die eine, die andre?, fängt ihn, zwingt ihn, kleine zuckende Wellen, »wenn du kommst, dann sei leicht«, das hastet durch eine Gesichterflucht, laßt es sein, aber nicht, die andre, eine zwingt ihn nachzuschreiben: ihre Brüste, ihren Leib, ihre Schenkel, daß du es bist, es ist sinnlos, zu trennen, daß du es nicht bist, es ist sinnlos, zu vereinen, besänftigt sich in Träumen, läßt von ihnen ab, von ihr, nun, in den Mulden der Finsternis, der neuerliche Ruf, daß er nicht verlasse, was er belebte, auf dem Rücken liegend, die Augen geschlossen, müde, erheitert, lächerlich, kaum mehr als ein Opfer, wo er hätte beherrschen wollen, sie bringen's ihm bei, dann endlich teilte sich, nicht Name, doch Leib, die eine zur Linken, die andre zur Rechten, ihre Wärme, ihre böse Zärtlichkeit, und verschlingen, was dachte, werden zu einer in lautloser und regsamer Gewalt, bis er erlahmte unter ihren Leibern, unter der Unendlichkeit der Lust, die finster war, und deren Süße er verlor.

Sie schliefen, atmeten zu dritt, als sie am Morgen aufstanden, schämten sie sich nicht, sie gingen nackt im Zimmer umher, wuschen sich, reichten sich ihre Kleider, betrachteten sich ohne Begierde, kleideten sich an — er verbeugte sich dankend zum Abschied, seine Höflichkeit rührte die Frauen, er werde sie nicht mehr besuchen; ihre Verzweiflung, die sie nicht ohne Mühe verbargen, erreichte ihn nicht, sie glaubten, alle drei, an eine Art von Erfüllung, die der Wiederholung nicht bedürfe. Etwa dies, nahm er sich vor, werde er in sein Tagebuch eintragen: »Das Experiment ist gelungen; es ist die Grenze. Mag mich Karoline begreifen, nur sie. Ich hole mich ein.« Das Pathos der Sätze hämmerte eine Weile in ihm, dann vergaß er sie.

Allemande

Nicht wie einer, der mit Geistern vertraut ist, ein
Prediger tiefsinniger Schnurrpfeifereien, Kürner, und
wie oft wurde ihm aufgetragen, Sie müssen Kürner
kennenlernen, wer wird Sie noch diesem Sog entrei-
ßen können, wenn nicht Kürner, und der versuchte
es dann nach seiner Hexenmeisterart, versagte, ohne
daß er sich hätte schämen müssen, ein offenherziger
Mann, der sich die Niederlagen eingesteht, auf-
geschlossen für die Sprache der Finsternis und ihre
hallenden Endlosigkeiten: Jetzt komme Se mal zu
ons, Niembsch, lasse sich net von alle Leut drein-
schwätze, des hot koin Wert; einer, der Vertrauens-
seligkeit verbreitet, auf die keiner, der sie richtig ein-
schätzt, zu bauen wagt — er lernte ihn auf einer
Soirée der Schwestern kennen, vielfach war er ihm
geschildert worden, nicht ohne Spannung wartete er
auf den Geisterfänger, und niemand stellte sie einander vor, wenngleich das Treffen unter vieler Augen
Begierde vor sich ging: der da eintrat, ein Hüne, er
mußte es sein, eingeschlossen in eine feste Fettleibig-
keit und ein Schädel auf den Fleischberg gesetzt, der
verwunderte, das Gesicht einer höhnisch-weisen
Putte, auch dieses riesenhaft in seinen Ausmaßen, ein
Rundkopf, umgeben von einer blonden Tonsur; doch
beginn's vom Fuße: ein breites, rustikales Kinn, nicht
sonderlich gepolstert, über dem ein weit in die Kin-
derbacken greifender dünnlippiger Mund, um dessen
Winkel dauernd Speichel flockt, eine fleischige, kaum

ausgeformte Nase, die Augen klein und flink, die eines Trolls, das eine blau, das andre braun, geschützt der Blick, überwuchert von Kasperbrauen, über denen sich eine merkwürdig nackte Stirn aufbaut, faltenloses Gehäuse der Naivität — aber schon wetterleuchtet es und die Ohren, wahre Lauschhöhlen, wackeln, das Maul öffnet sich und ein endloses, alle Echoeffekte nutzendes Gelächter entweicht, der Himmel nur weiß es worüber: Houhouhoahuihuihoagegegeggroouuhoschohouhoahui, ein Fanal für Lautmaler, es sieht sich erbärmlich an, fragmentarisch festgehalten, ein phonetisches Denkmal seiner Lachsucht, seiner gelächtrigen Hingabe, die allemal das Besinnungslose streifte und die Heimat der Gespenster ahnen ließ. Der hatte, hieß es, ein Haus sich bauen lassen, in der Nähe von Stuttgart, da es ihm jedoch zu klein ausgefallen war, seiner Vorstellung nicht entsprochen hatte, war es eingerissen worden; haltet ein!, hatte er während des Abbruchs gefordert, haltet ein! nun ist sie mir recht, diese Ruine, macht sie mir regendicht, das kann ein hübsches Sommerhaus werden und pflanzt mir einen Haufen Efeu, was geschah, und dort residiere er gelegentlich im Sommer, nicht oft, saufe mit einigen Freunden unfaßbare Mengen Wein, pflege sich berühmte Tote an den Tisch zu zitieren, male und dichte und heile die Bauern der Umgebung von ihren Gebresten, und baute sich ein neues Haus, am Rande von Weinsberg, umgeben von einem verwunschenen Garten, in den zwei freie Plätze hineingeschnitten seien, die müßten Jahr für Jahr wieder dem Schlinggesträuch entrissen werden, eine mannshohe Mauer umgebe das Gelände, ein Türmchen befinde sich im Garten, das liebwerten Gästen als Arbeitsstätte offenstehe, allerdings müsse gewarnt werden, es werde heimgesucht von einem scheußlich wimmernden Geist, wie Kürner behaupte, die Seele eines Hundes, den sein Herr zur Pflanzenfresserei genötigt habe, da solle man wenigstens nachträglich Erbarmen üben, und war von Plänen besessen, dieser gewaltig-fette Mann, der gleichwohl, wie viele Dicke, sich leichtfüßig wie ein Tänzer bewegte, von Plänen, die zu verwirklichen selbst er nicht imstande war, deren Entwurf hingegen jenen Zauber der Unermeßlichkeit, der Hybris hatte, der seinem kleinbürgerlichen Gehabe so gänzlich widersprach. Der Dämon steckte in ihm, und er hatte eingewilligt. Der Radau, den er gemeinhin in die Gesellschaften trug, war gewaltig, sein Gelächter, sein tosend geführtes Gespräch — oft fiel er spottend über die Partner her, sich selbst nicht schonend — und ab und zu brach er in Gesang aus, er besaß einen vollen, rauhen Bariton, den anzuhören nicht nur ihm Spaß bereitete. Seine Frau hatte ihn begleitet, was nicht oft geschah, sie führte das Weinsberger Haus, sie versorgte die vielen Gäste. Sie war um gut zwei Köpfe kleiner als er, drall und unbekümmert, was ihre geringe Bildung anging. Ihr Verstand hingegen reagierte frisch und hatte sich mittlerweile an den Werken und Prophetien des Mannes geschult. Er habe von ihm, Niembsch, dermaßen viel erzählt bekommen, daß er nun sogleich mit nach Weinsberg reisen müsse, seine, Kürners, Ungeduld lasse sich nicht länger bezwingen, sie müßten miteinander reden, über diese eingehende Selbsterprobung an der Zeit — so isch's doch, Meischter? — wolle er alle Einzelheiten erfahren. Niembsch sträubte sich. Der Mann brauste über ihn herein; die Geister, die er rief, mußten das Ausmaß von Drachen haben; dann bewog ihn die ungewöhnliche Zärtlichkeit mitten im Getöse, scheue Gesten, die ihn überraschten, die offenbar einem Fühlen entsprangen, das ihm verwandt war: der Koloß gab seine Wunden nicht leichtfertig preis, die hätten alle etwas zu lachen!, der spielte sein Stücklein mit Bravour. Morgen, gut, morgen will ich mich Ihnen anschließen, dankbar für die ehrenvolle Einladung — Mache Se koine Schprüch, Niembsch — und was heiße morgen, wie er denn mit Begriffen noch umgehen könne, die fixierten, was er mißachte? — Sie sind mir zu genau, Kürner. Der jauchzte wieder und sein Lachen wirbelte die Stuttgarter Gesellschaft, samt Schwestern, Bruder, voluminöser Pianofabrikantin in einer Zentrifuge, preßte sie aneinander, und Margarethe, Maria, beide, hielten sich an ihn, ob sie ihm zuviel versprochen hätten? Beileibe nicht, das sei eine säkulare Figur, nur fürchte er, sei er an seine Erscheinung gebunden und sein Werk würde mit ihr in den Orkus fahren und vergessen werden, denn die Geister ließen sich wohl nicht bannen für die Nachwelt und Beschreibungen solcherart mißtraue man im allgemeinen, nur der Augenschein könne überzeugen.

Die Schwestern, selbst die Zargs, angesteckt durch emphatische Schilderungen der Kürnerschen Seelenkunde, versprachen sich, er wußte es, eine Wandlung seines Zustandes: die Weinsberger Kur, der Gedanke an sie erheiterte ihn — er und Kürner waren

Verschworene, es war ihm aufgegangen, da er den Mann vor sich hatte, Grenzgänger auch er, ungleich heftiger belastet von Gesichten und falschen Götzen, die er gemodelt hatte nach dem Bild einer künstlerischen Welt. Er liebe Schmetterlinge, hat es geheißen, und den ergreifendsten Fall in der Reihe seiner Kontaktaufnahmen zur Ober-, zur Unterwelt, stelle die »Seherin« dar, ein bescheidenes Bauernmädchen, das sich, nach Auftrag, zu stigmatisieren vermöge, dennoch ein gänzlich heidnisches Geschöpf und, wenn man so wolle, eine biedersinnige Bacchantin, und Niembsch, mit Hilfe der röchelnden Sophie das Gepäck ordnend, fragte sich skrupulös, wie die »Kur« für ihn enden werde, die Ahnungen jagten einander wie Schatten von kleinen sirrenden Flügeln, ja, der fand sich in seine Rätsel, in seine Qual hinein, der war von solch kühnem Gemüt und übertraf ihn womöglich hierin; er würde an einigen der berüchtigten Séancen teilnehmen, und Roller — hier behagte es ihm, daß der spöttische Kopf am Horizont sichtbar blieb — hatte seinen Besuch zugesagt, um ihn, wie er bekannt hatte, den irrenden Niembsch, den an Giovanni gefesselten, von den Eroten gepeinigten, zu bewahren vor äußerstem Abfall. Aber was wünschte er sich anderes als jenen Sturz, der alle Sinne in einen zeitverdrängenden Schwindel preßte, und darüber war anderntags, auf der Reise nach Weinsberg, die Rede, auf dem trollhaft-behäbigen Grund der Kürnerschen Worte:

Wie er der Zeit entkommen wolle, um glei amol in medias res zo schpringe, oder sei er einer Legende aufgesessen?

Nein, das sei ihm richtig zugetragen worden, erwiderte ihm Niembsch, aber er habe sich noch nie darüber ausgesprochen, eine Sache, in die er verwickelt sei, und es ermangle ihm, bedenke er sie, noch an Klarheit, wenn er andeuten dürfe und wenn Kürner die Widersprüche in Kauf nehmen wolle —

der wischte die Bedenken mit Grandezza zum Reisewagen hinaus: Tue Se sich koin Zwang a, Niembsch, mir werde ons verschtehe ond des andre, Ihr Uroigens, des lasse Se halt recht vernehmlich mitschwinge — wenn Poete philosophiere, Niembsch, dann dend se plaudere —

und er, bestärkt von der Konzilians des Gastgebers, auch beunruhigt von einer ihm nicht geheuren Offenheit, formulierte ungefähr: Fallen Sie mir nicht ins Wort, Kürner, ich bitte Sie, nachher ist Ihnen alles gestattet:

Ich sollte, damit der Ausgang erkennbar werde, mein Leben explizieren, erlassen Sie mir's, erraten Sie den Hintergrund, ein Teil wird durch alles scheinen, was ich in Bildern und Sätzen bewege. Die Wurzeln meiner Melancholie, Kürner, woraus nähren sie sich? Wir haben Unendlichkeiten gelernt, wohlgeordnet, gepreßt wie Blumenblätter zwischen Seiten: Geschichte, ihre Gesetze und ihre Gesetzesbrüche, Geschichte von Erdteilen, Ländern und Personen — was ficht uns das alles an? Wir fangen manches auf, behalten es, und wenn wir denken, schreiben, ergießt es sich, gewandelt, aus uns, wir staunen über den Prozeß, der sich in uns abgespielt hat, und die Trauer beginnt in uns übermächtig zu werden, daß wir nichts anderes sind als Stimme eines Ablaufes, den wir Geschichte oder Zeit heißen, von den Epochen getaufte Geschöpfe, nicht mehr. Aber ziehen nicht Hoffnungen an uns vorüber, Märtyrer unseres aller Welt verheimlichten Traumes?: sie tauchen wahllos auf den Spielflächen auf und verschwinden wieder, erregen Erstaunen, erheben und vernichten, nicht berührt von den Lefzen der Stunden, erhaben über alles, was schlägt und bindet, Phantome, die uns erschüttern und befremden, denen Unmenschliches anhaftet, die aber, irgendwann, Menschenstirnen entsprangen; mir ist, als habe es immer wieder welche gegeben, die einen Teil ihrer selbst über sich hinausgeworfen haben, hoch, bis er jene aeternale Zone erreichte, in der die Seele gereinigt wird von dem Aberglauben der Uhr, in der sie nichts empfindet als die Dauer, das Bewegungslose, die gelöste Ruhe eines Allwissens oder eines Nichtwissens, der Stillstand ist erreicht, die Zeit ist machtlos, die Sprache hat es aufgegeben, über Lippen zu springen, die Bilder werden transparent, lösen sich auf. Das Humane verliert seinen Sinn und wird durch nichts ersetzt.

Niembsch drückte Kürner, der zu bersten drohte, sein riesiges Maul zum Sprechen, gar Schreien aufriß, die Hand besänftigend auf den Arm:

Noch nicht, Kürner! Wir werden uns treffen, in dieser Region nicht, sie macht uns frieren, aber vielleicht gibt es einen Zwischenbereich, in dem die Übung, das Unmögliche zu erfassen, bedeutsamer ist denn das Ziel. Wir empfinden Zeit, und es ist Zeit, die uns schlägt. Die Zeit außer uns und die in uns, das reibt sich, Kürner, das will sich nicht treffen, und manchmal klafft es, unsern guten Glauben äffend, auseinander. Was sind sie schon: Meinestunde und Allerstunde, sind nicht beide Hilfen, Bastionen gegen den Ausbruch? Vortäuschungen eines konstruktiven Willens, der sich Gesetzen unterwirft, die seinem Traum widersprechen, nein, mehr noch: die seinen Traum in Schach halten, ihn zwingen, zu bauen, was er einreißen möchte. Öffnet sich hinter beiden Bewegungen, die wir Zeit nennen, Strömen, die uns mitreißen, oft gegen unseren Willen, eine reinere Region? Ahnen wir etwas davon, wenn die Stunden unser Herz pressen und unsere Ideen fügsam machen? Wie sehen Sie Zeit, Kürner? Ich sehe sie als eine schnurgerade Linie, die in ein vorgegebenes Endliches führt, das wir uns gesetzt haben, die Propheten, die Religionsstifter, aus Furcht vor den Endlosigkeiten, die der Geist nicht mehr zu akzeptieren gewillt ist, unfähig, sich zu weiten. Wie aber wäre es —

und Kürner schaute Niembsch offenen Mundes an, dieses schon ausdörrende Männlein, von dem eine gewaltige Faszination des Sehnens ausstrahlte, in dessen Augen eine phantastische Flamme aufloderte: In dem brennt's, des isch fei au oiner von denne, die net in sich drin bleibe könnet

— wie wäre es, wenn die Linie, der Strom, der uns Bängnis einflößt, sich böge zum Kreis, wenn er sich schlösse, wenn wir die Zeit empfänden als eine sich ununterbrochen wiederholende Geste der Natur und aller Wesen, aller Dinge, aller Geschehnisse, die sie einschließt? Vermöchte uns diese Vorstellung aus dem Nichts, das uns die Unendlichkeit aufzwingt, zu retten? Ich nehme es nicht an. Dieses Wissen könnte uns freilich als ein Zustand klar werden und dieser bedeutete, daß wir mit Wissen aus der Zeit und in die Zeit treten, daß wir nicht länger Gefangene sind. Und so gesellten sich die Begriffe, die Gestalten, die Prüfungen hinzu: die Wiederholung, im Gelingen wie auch im Mißlingen, führt uns auf der Linie des Kreises, die Gedanken erkennen sich wieder, spiegeln sich und setzen sich fort, ja, sie nehmen Gestalt an, sie tragen, zum Beispiel, den Namen Don Juan und springen in das Experiment, das wir uns selbst aufgetragen haben: denn mit Eros, dem Fanatiker der Wiederholung, sind wir uns eins. Vielen Formen huldigt die Liebe, werden Sie einwenden, doch das schließt die Wiederholung nicht aus, Kürner: denn der Leib wünscht immer nur das eine: aus der Zeit hinaus und in das Selbstvergessen der Umarmung hinein. Das ändert sich nicht, bleibt gleich, wiederholt sich, soviel man's auch betrachte oder prüfe. Dies eben hatte ich mir zur Aufgabe gestellt, mag sein, um einen Schmerz, der ganz am Anfang meines Weges mich peinigte, zu stillen, indem ich ihn von Mal zu Mal überdeckte und im Erneuern vergaß. Ich bin sicher, Kürner, erreiche ich jene Mitte des Kreises, jenen Kern der Ruhe, daß auch die Erinnerung, die wir selbst sind und aus der wir schöpfen, von anderer Gestalt sein wird: eine Kugel, in der, eingefaßt, alles sich befindet, was wir waren, was wir erlebten, erhellt von dem Blitz größter Gnade, der nichts, gar nichts, im Dunkeln läßt. Sie finden es schauderhaft und mein Wunsch öffnet Ihnen die Hölle — mehr nicht, Kürner? . . .

Und der: Er wolle bedenken, was er hier an Erstaunlichem wie Krausem vernommen habe, wiewohl er

Niembsch sogleich in einer Vision zustimme, der des Kreises nämlich, die zwar nicht europäisches Wesen spiegele, sondern den Himmel des Ostens, warum solle man sich dem nicht öffnen, ausgeschmolzen auf dem Rost einer sich verkleinernden Welt. Do komme Se scho voran, Niembsch, aber daß Se da Eros mißbrauche, des isch a schlimme Sach, ond wenn Giovanni koi Abgesandter Luzifers gewese isch, no bin i oiner.

Und Ihre Seherin, Kürner? Wird sie von keinem Steinernen Gast behelligt, erfährt sie nur helle, heitere Spiele der Unterwelt, seit wann ist der Hades derart illuminiert?

Er solle keine Späße mit dem Mädle machen, es sei ein außerordentliches Geschöpf, und ihre singulären Gaben ermöglichten es ihm, Kürner, der allenfalls niedrigere Seelen zu beschwören fähig sei, ans Weltinnere zu gelangen, wenn auch mit geschlossenen Augen, aus Angst, der Frevel werde ihm heimgezahlt.

Kürner untertrieb, was sein Sehnen anging, er, der von Freunden »das Mimösle« getauft worden war, weil in diesem klobigen Mann ein empfindsames, vor allen Mißhelligkeiten zurückscheuendes Männlein steckte, er gab sich nur zu oft den Dämonen, die seinen Forschergeist bis an die Grenzen peitschten, willig hin. Ein Narr der Augen, der alles Schöne pries und der dennoch allem Sichtbaren, das er genoß, zutiefst mißtraute: er verspürte den Keim des Todes, mit dem er rang, den er überwinden wollte und dem er, gerade darum, ein gefälliger Diener war. Er hatte in seiner Weinsberger Arbeitsstube zwei Gerippe präpariert, Gerippe von Pastoren, wie er scherzte, deren Seelen also ganz gewiß in himmlischen Gefilden sich tummelten, als »Gewährsknochen« des Eleusischen, und man wußte nicht, was man von seinen Kauzereien halten durfte: waren sie etwas anderes als Ausdruck eines diskrepanten Verhaltens, das sich allem Übersinnlichen auftat und vor dem Letzten zurückschreckte, womöglich aus Biederkeit und Bequemlichkeit?

Sie fuhren ins Hohenlohische hinein, Niembsch lobte die Landschaft, die sich ihm darbot, gefällig, nirgendwo schroff die Horizonte abriegelnd, ein Hügelreich, in dem die Weinbauern Herrscher sind, bald waren sie in Weinsberg angekommen, einem honorigen Landstädtchen, sie hielten vor Kürners Haus an, Dienstmägde halfen das Gepäck abladen, der Kutscher führte die Pferde zum Stall, und wie ein eleganter Zaubermeister stand bereits Roller zum Empfange bereit: er wolle der Politik für einige Tage den Rücken kehren, dieser, wie er zürnend sagte, schönrednerischen Verbrämung steten Versagens. Kürner fragte Niembsch sogleich, ob er im Turm hausen wolle, und seine Frau nickte ihm, Einverständnis voraussetzend, zu, wer wolle dieses Vorrecht nicht genießen? Warum nicht, Ritterromantik werde allen seinen Vorhaben nicht schaden und seine Feder führen, isch guet, sie zogen, eine sich während des Ganges unablässig vergrößernde, laute Prozession durch die Diele des Hauses, Kürner, wieder daheim und um so leichter, ja leichtfertiger gestimmt, schloß summend ein verriegeltes Törchen auf, der Garten, eine von wenigen Wegen durchbahnte Wildnis, tolles Vogelgeschrei, mir nach! sang Kürner, zappelte wie ein dicker Junge, sein Gesicht hatte sich gerötet, berauscht, und lachend zogen sie hinter ihm her, auf Schlängelpfaden, gerieten auf ein aus dem Gewucher gehauenes Plateau, wo zierliche Stühlchen und einige Tische auf abendliche Gesellschaften harrten, einige Lampions baumelten noch im Geäst, traurige, regenverwischte Fratzen auf verformten Papierkugeln, und wiederum ein sich verengendes Wegchen, ein Steinklotz, in dessen Rumpf eine giftgrün gestrichene Pforte: Do semm'r, des isch Ihr von Dohlen und Poeten geliebtes Gelaß.

Niembsch zog ein. Die Turmstube behagte ihm. Zum Empfang eine Karaffe sehr hellen roten Weines. Das schnarrende Gekreisch schwarzer Vögel vorm Fenster. Ein ermunternder Schreibtisch, sein Bett, einige Sessel, wunderliche Bilder an den geweißten Wänden, die Augen einladend: bunte Kleckse, in Symmetrien sich auf dem Papier ausbreitend, Schmetterlinge, Paradiesschwärmer, Mörder in aufgebauschten Pelerinen, Galgensymbole, das ließ sich nach Launen enträtseln und benennen.

Er schrieb an dem »Juan« weiter. Die Arbeit floß ihm aus der Feder. Er gewöhnte sich an die Geräusche der Tag- und Nachtzeiten. Kürners behelligten ihn nicht. Zu den Essen rief ihn ein Glöckchen. Es behagte ihm. Er sandte Briefe aus: an Karoline, an Maria und Margarethe, an Otto von Zarg, der ihm wie ein ruhiger und ungefährdeter Bruder von Kürner vorkam. Roller besuchte ihn ab und zu, redete nicht viel, er solle sich nicht stören lassen, das mache sich nur in der Poesie bemerkbar. Er war ihm noch immer nicht geheuer, keiner, mit dem er sich befreunden könnte. Ein aufmerksamer und kritischer Gesprächspartner.

Er habe das gehört, von Kürner: vom Zeitkreis, oder wie er das zu nennen beliebe. Recht eindrucksvoll. Ob sich, an Stelle Giovannis, nicht gleichermaßen Don Quijote für das Exempel eigne — oder gar eine neugeschaffene Figur?

Er brachte Niembsch in Rage: Aber merken Sie's nicht, Roller, wie Sie mir perfide ein Geweb zerreißen? Sind Sie nicht fähig, im Ganzen zu denken. Wäre ich nicht in den Giovanni gesprungen, hätte ich mich nicht seiner Maske bedient, dann stünde ich am Anfang. So sehe ich eine Möglichkeit vor mir: Die Figur Giovannis entpuppt sich als Realität, als autobiographischer Schattenriß. Die Biographien, beider Lebensweg, indes verblassen, und übrig bleibt die unterschiedslose Bewegung, die sich im Wiederholen nicht einholt, doch erfährt. Ein Kreis.

Er schrieb.

Er hörte auf zu schreiben.

Er las.

Er hörte auf zu lesen.

Man besuchte ihn.

Kürner erheiterte ihn sehr und Frau Kürner tat ihm wohl.

Er scherzte mit einer der Dienstmägde.

Er träumte von ihr.

Er gab es auf, seinen Träumen zu folgen.

Die ihn aufsuchten, waren beeindruckt von seiner absichtslosen Freundlichkeit, von der Ruhe seiner Gesten und von der Klarheit seines im Grunde düsteren Gesichts.

Es formten sich in ihm einige Sätze, die er, in Gedanken, ausfeilte, bis sie sich ihm mit den Tagen verschmolzen und die Tage von Weinsberg waren. Er notierte sie, kopierte sie säuberlich und legte sie Briefen an Karoline und an die Schwestern bei, ein weiteres Blatt überreichte er Kürner, mit der Bitte, darüber nicht zu debattieren, es sei für ihn endgültig — (»Wenn aber die Geschichte sich spiegelt, Epoche für Epoche, und die Spiegelung antwortet und sie aufhebt; wenn aber, was Zeit in uns ist, ins Gleichmaß mit der Zeit außer uns gerät und ihr antwortet und sie aufhebt; wenn aber Zeit selbst — oder was wir als Zeit erfahren, indem wir geboren werden, leben und sterben — sich in den einfachsten Vorgängen erkennt und aufhebt; wenn aber die Gestalt die Zeit aufnimmt, ihrer Herr wird und sich ihrer, Herr über die Stunde, entledigt; wenn aber die Linie zum Kreis sich biegt und das Wissen, alle unendliche Erfahrung im Endlichen das Unendliche erneuert; wenn aber, was wiederholbar ist, sich reinigt in der Wiederholung und der Zeit widerspricht, sie verliert; wenn aber dies Erkennen zum Nichts führte, das Ende bedeutete und dennoch Glück einflößte?«)
Er lehnte einige Einladungen Kürners ab, sich unter die Leute zu begeben, bis er erfuhr, es werde eine Séance stattfinden, in auserlesenem Kreise, und die »Seherin« sei dabei, da gab er nach, kleidete sich für den Abend und wurde von allen, die ihn noch nicht kannten, teilnehmend bewundert.
Nach dem Abendessen. Kürner, von aufgeregtem Gehabe, ließ einen gewaltigen runden Tisch in die Stube spedieren, turnte, offenbar des Kontaktes mit

den Geistern noch nicht inne, kasperlhaft umher, befahl seinen Gästen, sich in einer gewissen Anordnung um den Tisch zu reihen, so daß Niembsch zwischen Kürner und der Seherin sitzen mußte, die ihm im übrigen keinen Eindruck machte, ein strubbeliges, unförmiges Geschöpf, das sich primitiver Ausdrücke bediente, sich in Gespräche nicht einließ, beim Abendessen mehrere Portionen gleichmütig verschlungen hatte und nun vor sich hin brütete, währenddessen Kürner die letzten Vorbereitungen traf, geheimnisvoll wisperte, einige, die Gelächter nicht unterdrückten, barsch zurechtwies: Bis auf eine Kerze, deren kläglicher Schein den Raum größer machte, waren alle Lichter gelöscht worden, die Gespräche verebbten, Stille lastete über der kuriosen Gesellschaft, deren unbestreitbarer Mittelpunkt Kürner war, der einige Blätter Papier vor sich ausbreitete, mit einem Messingstab hantierte und eine schöngeschliffene, handgroße Glaskugel der Seherin reichte. Niembsch unterdrückte mühsam ein Lachen, empfand aber gleichzeitig eine den ganzen Körper mit Nadelfüßchen überlaufende Spannung. Er gab der Atmosphäre nach.

Kürner erhob seine Stimme zu einem Singsang, der in seiner Monotonie so inständig war, daß ein Gefühl des Schwebens sich einstellte. Niembsch schloß, wie die andern, die Augen, und war nicht fähig, den Sinn der Worte aufzunehmen. Doch sie waren offenkundig auch an ihn gerichtet. Die Seherin war aus ihrem stumpfen Brüten erwacht, saß gestrafft, rieb ihre Hände flach an der Glaskugel — schaute mit aufgerissenen Augen in eine große Ferne.

Don Juan sei gerufen, Don Juan erscheine, Don Juan ist gerufen, Don Juan erscheint.

In Niembsch steiften sich die Muskeln. Eine Hand wischte über sein Gesicht, und er sah ihn. Einen jungen Mann, der alt sein konnte. Gekleidet fast wie er, dunkelhäutig, schmal.

Was sagt er, ist er unter uns?

Das Mädchen erwiderte der ängstlich tönenden Frage Kürners mit tiefer melodiöser Stimme: Ich bin Ihr Gast, mein Herr,

und Niembsch, einem seine Seele ballenden Zwang nachgebend, wiederholte mit derselben Stimme: Ich bin Ihr Gast, mein Herr.

Rund um den Tisch wurde es unruhig.

Wer seid Ihr? fragte Kürner.

Don Juan, mein Herr, antwortete der Geist und mit ihm, in einem fahlen Duo, Niembsch: Don Juan, mein Herr.

Kürner wandte sich Niembsch zu: Störe Se mir doch meine Geischter net, Niembsch, des isch koi Schpaß, des isch lebensgefährlicher Ernscht!

Roller, der Niembsch gegenübersaß und mittlerweile die Veränderungen im Antlitz Niembschs, eine verzückte Starrheit, bemerkt hatte, winkte ab und murmelte Kürner zu: Lassen Sie, Kürner, es könnte in der Tat lebensgefährlich werden. Machen Sie weiter! oder rufen Sie Ihren Geist ab, doch behelligen Sie Niembsch nicht.

Woher kommen Sie, edler Gast? fragte Kürner, unsicher.

Aus der Dauer, erwiderten ihm Geist und Niembsch mit einer Stimme.

Sind Sie bereit, uns Auskunft zu geben?

Ich bin es.

Ich bin es. In diesem Augenblick krümmte sich das Mädchen über ihrer Kugel zusammen und brach in Weinen aus: I mag net schterbe, des verreißt mi, wann's so weitergeht, schicke Sie den Herre fort, ich bitt Sie, und stöhnte. Kürner, bleich, zauderte, bis ihm seine Frau auffordernd zuwinkte und er in seinem mühevoll eingehaltenen Singsang forderte: Fahr hin, du Geist, wo du dich aufhältst, verlaß uns, schweige!

Das Mädchen, die Seherin, sank in Schlaf.

Niembsch erwachte, die Zeichen der Hingabe schwanden aus seinem Gesicht; er wirkte erfrischt.

Was war? fragte er. Was erregt Ihr Entsetzen?

Kürner zog seine breite Stirn kraus, er wollte sich auf keinen Fall der Lächerlichkeit preisgeben, wollte die heikle Angelegenheit beherrschen: Don Juan war unser Gast gewesen, ich hatte es Ihnen zuliebe getan, doch Sie sind mir und der Seherin in die Quere gekommen.

Don Juan unser Gast? und ich Ihnen in die Quere gekommen? Bester Kürner, ich habe Ihnen zu danken, obgleich mich Don Juan nicht besucht hat, bei mir also Ihre Geisterbeschwörung fehlschlug, dennoch: niemals erfüllte mich dieses Wissen des Stillstands so innig wie noch kurz zuvor. Ich ging durch mich hindurch und erfuhr mich in allem. Ich hielt in der Hand, ich drückte es an die Brust, was ich war, was ich bin. Alle begegneten mir, alles. Die Worte lösten sich von ihrem Sinn, verloren ihre Erinnerung und warteten darauf, von neuem erobert zu werden.

Roller lachte auf: Kürner, nie ist eine Ihrer Séancen erfolgreicher gewesen als diese, nie sind Sie dem Reich des Geistes, pardon: der Geister, näher gekommen als heute abend. Seien Sie nicht verzagt. Beschwören Sie weiter. Ihre dörfliche Seherin ist freilich nur die eine Hälfte, die vonnöten ist: die zweite entdeckten Sie in unserem geschätzten Freunde Niembsch. Ein unfreiwilliger Erfolg und eine Krönung Ihres Forschens: Bild und Spiegelbild vereinten sich zu einer, mag sein, erhabenen Wahrheit, die uns, so hoffe ich, zeit unseres Lebens fremd bleiben wird, bis daß der Tod sie uns lehre. Ich, lieber Niembsch, werde mich nicht mehr über Ihre Philosophie lustig machen. Sie ist Ihnen ernst, und wird von den Geistern bestätigt. Was wünschen Sie mehr?

Mein Gott, seufzte Kürner, das mußte mir widerfahren, und ich war nicht vorbereitet. Sie sind mir überlegen, Niembsch, meine Reverenz.

Niembsch staunte. Freunde, scherzen Sie? Was soll die Verwunderung, was habe ich angestellt?

Nichts, fiel Roller ihm ins Wort, Sie haben sich bewiesen, uns allen.

Kürner befahl, so viele Lichter, wie es im Hause aufzutreiben gebe, zu bringen, er brauche jetzt allergrößte Helligkeit, und zur Ablenkung wolle er einige Balladen singen, Niembsch solle rezitieren, was dieser (und auch Roller) ablehnte, Kürner sang, seine hübsche Stimme lockte die Leute in Heiterkeit, sie tranken, sie lobten, rühmten einander, beschwipst, und sie waren eines Glückes voll, welches die Furcht gestreift hatte.

Niembsch bewohnte den Turm einige Monate. Er

interessierte sich für die Forschungen Kürners, für dessen Heilversuche, für seine zauberischen Klecksographien, doch mied er es, mit der Seherin zusammenzukommen, deren Wesen ihn abstieß und deren Fähigkeiten er mißachtete. Frau Kürner unterhielt er mit Reiseanekdoten, Schilderungen des Niagara und der verschwenderischen Ebenen Amerikas. Die Tage vergingen heiter. Er nahm sie nicht auf.

Kürner, befragt von Gästen, wie Niembsch denn ausgesehen, wie er sich gegeben habe, verfiel in Schwermut und setzte sie in Erstaunen durch eine rätselhafte Phantasie: Es wird erzählt, sagte er, wird erzählt werden, von dem Tänzer N., der die Grenze übersprang und dem es gelang, in der Luft zu schweben vor den fassungslosen Blicken eines Publikums, das die Realität über alles stellte, und der schwebte, in kostbarer Selbstverständlichkeit, mit sanft rudernden Armen über die Bühne und entschwand; an den nächsten Abenden ereignete sich dasselbe; darauf wurde er berühmt; seine Kritiker jedoch verdammten die Hybris, die die Sprungfeder seiner Kunst sei. Ich beuge mich über sein Gesicht, über das Gesicht des Tänzers N., der ein schöner, selbstverliebter Mensch sein wird, und zeichne nach, zeichne voraus: das ausdrucksvolle Kinn, die aufgeworfenen tscherkessischen Lippen und eine bübische Nase, die sich flach und fleischig, mit wippenden Flügeln wenig zwischen den kantigen Backen hebt; odaliskenhaft geschnittene Augen, die braune Iris schwimmt in glosendem Widerschein, — finstere und ungeduldige Brauen, über ihnen eine niedrige, gedankenunlustige Stirn, in die das Haar fällt, langes, das Haupt in wirrer

Fülle rahmendes Haar. Er sagt, der Tänzer N., den sie bewundern, von der Leidenschaft seiner Jugend gerüttelt, sagt: »Je suis le plus grand ou je meurs«; die vergeßliche Zärtlichkeit seiner Schritte läßt die Zeit vergehen, sein Ruf ist die Musik, die uns alle zu verschlingen begehrt und der wir uns hingeben, wir alle hingeben werden — — —

Das hat mit Niembsch nichts zu tun, wendete man ein. Nichts! der riesenhafte Mann schaute einen nach dem andern an: Nichts! So sieht er aus, wird er aussehen. Was wünschen Sie von mir? Seinen Paß? Seine Geschichte? Er hat sie verloren. Das ist nicht richtig: er wird sie finden. Fürchten Sie sich vor solchen Erscheinungen nicht, es sind die wahren Spiegelungen unseres Denkens. Aber jetzt wolle m'r a Gläsle trenka. Des hat ja elles koin Wert mit Euch. Saufet, na träumet 'r.

Bourrée

Er war abgereist — von den Schwestern, von Karoline, von Kürner, es ist nicht auszumachen von wem,
abgereist, bereits in jenem Grade der Verwirrung sich
befindend, der ihn seiner Klarheit näher brachte.
Nicht mehr Amerika, nur noch ein Katzensprung. Er
ging mit seinen Erinnerungen willkürlich um, be-
nannte Gestalten nach Belieben, wovon er Karoline
ausnahm, die bis zum Ende unverwandelt in seinem
Gedächtnis ruhte, mehr als ein Name, mehr als eine
Gestalt. Für sie besaß er lange Zeit Wörter, die sie
trafen und umgaben.
Er lernte sie kennen in Baden-Baden. Er stieg in
einem der besten Hotels ab, hatte sich angemeldet,
wurde katzbuckelnd empfangen, hatte sich vorgenommen, an Gesellschaften teilzunehmen, sich
treiben zu lassen, zu reden, keine Antworten zu hören. Sein Lächeln war, was mehrfach konstatiert
wurde, kränklich und gequält. Seine Gestalt gebeugt.
Die Jugend hatte ihn verlassen, dennoch würde das
Alter ihn nie aufnehmen, er verharrte auf der
Schwelle; Gerüchte über ihn liefen um, allerhand Af-
fären wurden seiner Vergangenheit aufgeschwätzt:
ein Stuttgarter Opernsänger, offenbar bekannt mit
der korpulenten Pianofabrikantin, erging sich in De-
tails, die, auf getuscheltem Umweg, entstellt und ins
Riesenhafte gesteigert, auch ihn erreichten. Er küm-
merte sich wenig um dies alles. Von der Landschaft,
die er liebte — er wanderte viel —, versuchte er sich

ablenken zu lassen: Die Zartheit der Konturen, die Zwischenstunde des späten Nachmittags, die dem Monolog verfallenen kleinen Bäche; dann das Abendessen im Hotel, der knisternde Prunk, das rhythmische Gespräch aller Gespräche, die sich unter der Kuppel zu einem Geheul vereinigten. Sie sagten von ihm, er suche die Einsamkeit, er sei einsam. Er war es nicht. Er fing an, sich von sich zu trennen. Er beobachtete es mit kalter Freude: da saß Niembsch, er sah ihm zu, wie er aß, wie er schwieg, wie er vor sich hinredete, er sah den Panzer der Zeit um Niembsch, wie er rissig wurde und wie etwas darunter sichtbar wurde, das leer und verloren schien — keine Erinnerung mehr, »Erinnerung«, er war nahe daran, dieses Wort soweit zu zerbrechen, daß es ihn nie mehr behelligen würde. Doch er brauchte es noch. Der Wechsel von Tag und Nacht — er bedeutete ihm noch Zeit. Aber er dachte schon nicht mehr zurück. Das, was gewesen war, kam in strömendem Gleichmut zu ihm, in wortlosen Bildern, in beliebiger Reihe, und er tauschte die Bilder nach seiner Maßgabe, er setzte sie nicht mehr ein, er war nicht mehr fähig, zu sagen: Dies war dann und dann gewesen. Die Nutzlosigkeit solcher Organisation war ihm deutlich geworden. Er war willens gewesen, daraus auszubrechen, er hatte das Erlebnis von der Gestalt gelöst und die Worte unsicher gemacht. Er hatte die Worte aus ihrer Erinnerung geschält und sie an den Rand des Stummseins getrieben. Was blieb ihm noch? Wir sind weit gelangt. Unser Experiment könnte abgebrochen werden, denn wir fürchten uns, wie Niembsch, vor den Konsequenzen des Stillstands.

Hier tritt ein, was wir nicht vorhergesehen haben. Niembsch, von uns noch geleitet nach dem hübschen, am Gesellschaftlichen sich erquickenden Kurort, einer Erfahrung inne, die den gemessenen Atem der Dauer verspricht, Unendliches — Niembsch, um sich versammelt die zeitlos gewordenen Bilder der Vergangenheit, endlich akzeptiert von der heilenden Melancholie, Niembsch versucht auszubrechen. Es wird ihm — und daran haben wir keine Schuld, denn er bedient sich der jählings auflebenden Worte — ohne Mühe gelingen. Er begegnet Juliette, der plattesten und lebendigsten Strophe seiner Elegie auf die Dauer. (Weshalb wir angehalten sind, uns eines kräftigen und der Reflexion baren Realismus zu bedienen.)

Niembsch war jetzt fähig, seine Umgebung in einem zu begreifen und zu verleugnen. Was er wahrnahm, war ein Ganzes von Bewegung, Figuren, von Düften und Dingen. Es umkreiste ihn mit tönender Vehemenz, bezog ihn ein; er ließ sich tragen und treiben. Er öffnete sich für dies alles: die wandernden Lichter des Abends im Kurpark, die zusammenhanglosen Gespräche bei Tisch, die Droschkenfahrten aus der Stadt hinaus, auf Bergstraßen, die lustigen, oft unverständlichen Randbemerkungen des Kutschers, die Schönheit einiger Frauen, die Stimmen der Kleider, raschelnd, auf dem Parkett des Kursaals, Konzerte im Pavillon, die Zudringlichkeit einiger Bijouteriehändler unter den Kolonnaden, die Reden, die seine Person betrafen, den unaufdringlichen Schutz, den ihm der Hotelier gewährte, er war immerhin ein berühmter, wenn auch verschwiegener, bisweilen verdrossener Gast — er sah, wie unter Blitzen, Rosenbuketts, die ein kleiner Junge durch die Hotelhalle trug, einen französischen Offizier, der, vermutlich beschwipst, einer Dame Anträge machte, recht laut, und von ihr bestimmt und mit hellem Lachen abgewiesen wurde; eine hübsche leichte Reisekutsche, nachmittags, vor dem Kurpark, der eine uralte Dame entstieg, bewundernswert leichtfüßig, eine russische Nobilität, wie er erfuhr, sie wurde begleitet von einem Jüngling, dessen schwarzes Haar tief über den Kragen hing, es umwellte ein totenweißes Gesicht von mädchenhaftem Schnitt, es sei ihr Enkel, hörte er, aber ein anderes Gerücht wußte, es sei ihr Geliebter, eine makabre Angelegenheit, die von der Gesellschaft barmherzig vertuscht und ertragen werde, er fragte erstaunt: Wieso, die Frau ist wunderschön, und der junge Mann hat offenbar den Tod erfahren, sie werden einander verstehen, sie haben gemeinsam eine Grenze erreicht, über die zu spötteln uns schlecht ansteht. Und gut, sie wandten sich, die Neugierigen, von ihm ab, quelle frivolité, man betrachtet ungern die zweite, die finstere Seite der Wahrheit.

Einer von vielen Bällen, er war nicht sicher gewesen, ob er die Einladung annehmen solle, im Hotel B., eine Soirée für geschlossene Gesellschaft, man erwarte ihn nicht unbedingt mit Dame, Graf L., ein Bekannter aus Stuttgart, drängte ihn: Niembsch, Sie dürfen sich, ich flehe Sie an, nicht verschließen! Er gab nach, der Graf atmete erleichtert auf, wahrscheinlich wäre ihm die Gästeliste in Unordnung geraten, und warum der Umstand, er würde sich bei besserer Gelegenheit und bei langweiligem Verlauf des Festes davonstehlen können, eine Unpäßlichkeit vorschützend, und damit löge er nicht. Der Saal des Hotels war hübsch geschmückt, eine antike Halle imitierend, Säulen — die freilich schändlich hohl klangen, klopfte man daran, waren in gleitendem Reigen aufgebaut, auf Konsolen die Köpfe hellenischer Feldherren und Poeten, eine Kapelle im Hirtengewand: das Ganze mit einem Beigeschmack des Ridikülen, doch flößte es den Anwesenden Ernst und Getragenheit ein, was er für seine Stimmung förderlich hielt, nur das Gelächter einiger Herren und die lachende Erwiderung ihrer Damen durchbrachen das Gesetz dieser Festivität, ihm tat die gestelzte Komik wohl. Er begrüßte den einen, den andern, wurde in belanglose Unterhaltungen verwickelt, hatte jedoch den Eingangstanz versäumt und fühlte sich jeglicher Pflicht ledig. Er schaute zu. Es gefiel ihm. Und er trieb es geraume Zeit so, ehe er sich seinen Tisch suchte und die Bedienung bat, ihm einen Burgunder zu servieren, bitte nicht so kühl, wie es hier die Sitte.

Juliette Zegerlein entdeckte er spät: das Fest brach allmählich auseinander, einige Gruppen verhielten sich weiterhin ruhig, während zahlreiche jüngere Leute und eine Schar von Gardeoffizieren den gemessenen Ton durchbrachen und mit Horridoh den Saal behelligten. Man ließ sie gewähren. Bei einer der Gruppen, tanzend, im Arme eines flaumbackigen Leutnants, entdeckte er Juliette. Ein Mädchen, kaum zu unterscheiden von den andern kichernden, die Herren neckenden Geschöpfen. Sehr klein, graziös, von zur Fülle neigender Gestalt, dunkelhaarig, und der Teint um eine Spur zu dunkel, römisch, wie dieses Mädchen ohnedies in der Campagna zu Hause sein könnte, aber sie sprach den Dialekt des Landes, er hörte es, wenn sie vorübertanzte. Der erste Blick war flüchtig gewesen, eine absichtslose Aufnahme von Erscheinung und Wirkung, er ließ wieder ab.

Niembsch, da er sich anschickt aufzugeben, was er gewonnen hat, da er seine Philosophie zu verhöhnen gewillt ist, Niembsch, wie er hier angetroffen wird: verstrickt in ein Geflecht würgender Müdigkeit, unfähig zu schreiben, sobald die Zeilen, nach denen er sich sehnt, die er gebieterisch heranzerrt, ihn erreichen, fallen sie in sich zusammen, fahle Geschmeide aus Worten, billig und Insignien der Schmach. Unendlich verlassen, im Dialog mit Geistern, deren Gesicht er nicht kennt, deren Seele er verabscheut, sie sind ihm zu weit voraus. Erschöpft über die strömende Zeit gebeugt, die ihn nicht mehr beherrscht, die ihn noch erinnert. In einem Zwischenbereich; die Brust geöffnet für jede ihn rettende Schmeichelei. Dieser, der das Vergessen gelernt hat wie nur einer und dennoch das Vergessen sucht. Was hat uns bewogen, ihm derart mitzuspielen? Nun stürzt er uns aus den Gedanken und wir können ihm nicht helfen. Sein Blick wandert zurück, die Ruhelosigkeit läßt nach, er hält an: Juliette. Ein Mädchen von noch nicht zwanzig Jahren. Der Offizier geleitet sie zu einem Tisch, nicht weit von dem seinen, eine ältere Dame nickt ihm zu, verabschiedet ihn: Vulgär, sagt er sich, wohl die Mutter. Eine behütende Hexe, welche die Kavaliere sorgsam taxiert. Den Herrn Gemahl hat wohl der Orkus verschlungen, und jetzt, die beiden Weiber, die alte, die junge, der Gesellschaft peripher zugehörend, zum Zentrum drängend, ohne Vermögen, aber Vermögen erhaschend, und so wird es auch kommen, wenn Niembsch nicht eingreift und den golden kalkulierten Bau zum Einsturz bringt. Er besinnt sich nicht. Er jagt, mit stöhnendem Atem und zuckenden Gedanken, auf das Ziel zu: diese kleine Schwarze mit der hochgeschnürten Brust und den schon zu fraulichen Hüften. Ein Spiel, Mesdames et Messieurs, der Abend ist vollkommen zugerichtet, die beschwipsten Herren Offiziere, die kokettierenden Weiber, der Park vor den Fenstern, ein Sommer, nicht der meine, und es ist gleich, ob der Winter unbemerkt eingebrochen ist, — Niembsch steht auf, seine Gesten sind beiläufig, sein Blick gelangweilt, das Getuschel um ihn herum formiert sich zum kommentierenden Unisono, denn er ist nicht unbemerkt geblieben, die Herrschaften sind zum größeren Teil aufgeklärt über Leben und Person, eine europäische Berühmtheit, ein legendärer Frauenheld, und man wisse von einer, Sie kennen die Dame?, die seiner Zuneigung teilhaftig geworden sei, ein Irrtum, könnte Niembsch korrigieren, aber dem ist die Kugel schon geworfen, die Spielregeln haben sich verändert, der Mitspieler ist düpiert, er geht, mit einem Lächeln an Mutter und Tochter vorbei, die Alte scheint überrascht und geehrt, reckt ihren mächtigen Leib um einen Ruck auf, die Tochter?, reagierte sie?, er geht hinaus, Luzifer im Schlepptau, der mit Magneten hantiert, Eros, verwildert, dem Aberwitz verfallen. Er kann sich gedulden. Seine Stimmung ist mit von der Partie: hat er nicht allgemein erkennen lassen, er sei verletzbar, ein Schemen nur von jenem macht-

vollen Eroberer? Sie wird kommen. Er ist sicher. Da
tritt sie durch die Flügeltür in die Vorhalle, Lakaien
verneigen sich. Sie ist wahrhaftig von romanischer
Attraktion, eine Zirkusreiterin, die einen Palazzo zu
führen gedenkt. Und solche Träume haben schnei-
dende Realität. Sie sucht ihn — o nein — nicht: sie
hat es nicht eilig, sie bedarf, man sieht es, des Schut-
zes. Nur daß die Schutzlosigkeit auffallend forciert
wirkt — und Lächerlichkeit schadet dem schönen
Schein. Er möge bald auf sie zutreten, der Herr von
Niembsch, wünscht sie sich. Und ihr stummer
Wunsch setzt ihn in Bewegung, er tritt auf sie zu,
bleibt stumm, verbeugt sich, bietet seinen Arm, den
sie leicht, erlöst, annimmt. Solche Geschichten sind
geläufig. Dennoch sei sie wiedergegeben: Sie erzählt, daß es einer ihrer ersten Bälle sei, und die
Begleiterin sei, er habe es erraten, ihre Frau Mama.
Sie lebten derzeit in Baden-Baden: der Herr Vater
befinde sich auf Reisen. Er schreibe, so sei es doch,
Gedichte? Sie sei freilich gar nicht belesen, das Theater hingegen besuche sie mit Vorliebe. Ob er sich zur
Kur hier aufhalte? Er gab sardonisch zurück: Wo immer er sich für einige Zeit niederlasse, betreibe er
Kuren. So auch an diesem Ort. Und fügt hinzu, daß
sein derzeitiger Aufenthalt seiner geschwächten Ge-
sundheit wie seiner fatal nachlassenden Phantasie
helfen möge — Freunde hätten ihm dazu geraten, er
log schamlos, er hatte das Stuttgarter Haus (Stuttgart? Linz?) Hals über Kopf verlassen, zum Schrecken
der Schwestern (von Zargs?), ohne eine Nachricht zu
hinterlassen, die sandte er erst aus dem Hotel ab, er
werde Exakteres noch von sich hören lassen, seine

Stimmung lasse ausführliche Erläuterungen nicht zu, sie würden ihm, er sei dessen gewiß, verzeihen und sie mögen also alles als eine Art Flucht betrachten, aber das seien sie gewohnt. Er bat sie, bei Gelegenheit, ihm die beiden Bände Rollers nachzusenden (doch Stuttgart?), besonders die historischen Novellen, er verspüre Lust darauf: obgleich, meine Lieben, es mit der Geschichte einen argen Haken hat: sie selbst fragt sich nicht, ob sie ist.

Es ergab sich ohne sein Zutun. Die Einladungen von seiten der Mutter, deren Aufdringlichkeit ihn sogleich degoutierte, ihn trotzdem nicht warnte, mehrten sich, Juliette eröffnete sich als ein erstaunlich wißbegieriges Wesen, das nicht genug bekommen konnte von seinen Flunkereien, und er überbot sich nach allen Regeln dieser miserablen Kunst. Die Damen bewohnten in einem mittelklassigen Hotel ein dürftig eingerichtetes Appartement, übersahen geflissentlich die Schäbigkeit, verwiesen ab und zu auf das Vermögen des Herrn Gemahls, »des lieben Papas«, der sich unentwegt in der Welt herumtreibe, und Niembsch vermutete, daß der »Papa« eine flüchtige, wenngleich nicht folgenlose Erscheinung gewesen war, der Weltreisen noch am besten anstehen. Juliette bestrickte ihn. Nicht mehr die geheimnisvolle Naivität der Schwestern, auch die Leib und Geist einende Intelligenz Karolines nicht. Töricht im Übermaß, dazu ein Schuß frecher Neugierde, der ihm Furcht einflößte, und auch, daß sie ihr Wesen nicht zu dämpfen vermochte. Sie war unanständig laut. Auf die Jungfernschaft der Tochter hielt sich die Madame Zegerlein viel zugute. Was ihn anzog war aber nicht die undelikate Lockung, sondern ein deutliches Gespür für jene penetrante kleinbürgerliche Stubenwärme, die er seit den Tagen von Ödenburg entbehrt hatte, hier fand er sie wieder. Juliette Zegerlein — deren Mama wohl oder übel dazugerechnet — bot ihm den Küchendunst des Zuhause, wenngleich die Behausung in dem Hotel, die billige Umgebung, ihn eher abschreckte. Juliette war laut, zugegeben, aber sie war ein Weib, das über die Liebe nicht nachdachte. Sie würde die Nächte bei ihm sein, würde seine Angelegenheiten in ihre Hände nehmen, und die Welt würde ihn nicht mehr behelligen. Böte sich ihm nicht solchermaßen auch die Chance, dem Zeitwahn zu entweichen, jenem gewaltigen Ticken hinter seiner Stirn, das ihm die Zeilen und Gedanken zerstörte, jenem Bewußtsein des dauernden Verlustes? Und Bequemlichkeit könnte er mitrechnen. Er schrieb, nach einigem Zögern, an Karoline:

Sie werden, Allerliebste, inzwischen vernommen haben, daß ich mich in Baden-Baden pflege, eine Kur, die trefflich anschlägt und — sollte mir meine Unvernunft kein Schnippchen schlagen — mich die Ehe lehrt. Ei, ich sehe Sie hochfahren und den Ort, die Unbekannte verwünschen? Haben Sie Grund, Gnädigste? Mein Stuttgarter Experiment schlug nicht fehl, ich hätte, wäre ich ein vollkommener Experimentator und meinen Ideen untertan, mich in die Erkenntnis verkapseln und das Ziel erreichen können. Ich bin ein armseliger Mensch, der sucht und sich scheut, zu finden, was er weiß. Verleugne ich, mit meinem Plan, Sie, die Schwestern? Ehre ich Sie nicht andererseits, alles, was Sie mir zugeflüstert haben in den Lehrnächten des Jünglings? Da erreicht er, was Sie ihm nicht zutrauten, da fällt ihn plötzlich Reife an. Ich werde Ihnen, obgleich ich Sie zu schonen trachte und meine Eitelkeit mich in Ihr aufgewühltes Herz sehen läßt, Juliette, die Zukünftige (welch eine merkwürdige, tötende Bezeichnung), in Andeutungen schildern. Sie ist jung, nicht über die Achtzehn, was meinem Alter wahrlich nicht entspricht, doch sie wird meine Greisenjahre durch ihre Lebhaftigkeit bewegen, nicht wahr, Liebste? Ein wenig derb, handfest, von südlichem Typ, was sie mir näherbringt, ihr Geschmack recht ungekünstelt und den einfacheren Dingen hold, und ich will mir nicht anmaßen, ihr das Denken beizubringen, was hülfe es uns beiden? Eine Jungfrau zu allem, was ihre Mutter (diese mir übrigens eine leidige Beigabe, auf deren baldiges Ableben kaum Hoffnung ist) bekräftigt und was mich nicht abschreckt: so werde ich, was Sie mir beibrachten, weitergeben, die feinsten Nuancen wohl sparend für jene Jahre, da allein die tatenlose Erinnerung solcher Auffrischungen bedarf. Kurz und gut: Wir planen zu heiraten. Ich bin sprunghaft, verzeihen Sie mir. Ich will Ruhe haben, mehr nicht. Nicht die Übungen, die ich mir auferlegt hatte, sind falsch gewesen, ich verzage, teure Frau, ich habe versagt. Nun will ich mich fesseln lassen, auf daß mein böswilliger Geist im trägen Fleisch ersticke. Rechnen Sie auch diesen Zynismus zu den Behaglichkeiten meines neuen Heimes. Ich gedenke Ihrer mit aller Zärtlichkeit, die ich für Sie aufspare, alle Zeit —

Was antwortete ihm Karoline? Beschwor sie ihn, Baden-Baden und der halbgaren Circe den Rücken zu kehren? Als alle Warnung, auch von Kürners Seite, nichts fruchtete, ließen die Freunde ihm freien Weg. Sie kannten Juliette nicht, ihre Vorstellungen pendelten offenbar zwischen dem Bilde einer großspurigen Hure und einer von ihrer satanischen Mama mißbrauchten Naiven. Das wäre zu mischen.

Alles, was Niembsch hernach tat, zeichnete sich durch schattenhafte Tonlosigkeit aus, obwohl jedermann ihn heiter und bezaubernd fand, »phantastisch verjüngt«. Es war — man schreibt das bedenkenlos hin: die papierenen Jahreszeiten — im Sommer, als er um Juliettes Hand anhielt. Die Verlobung wurde dem Bekanntenkreis der Damen mitgeteilt, während Niembsch keinen Wert darauf legte, auch seine Freunde zu informieren. Sie erfuhren es, entsetzten sich von neuem, und endlich entschloß sich Zarg, Karoline zuliebe, nach Baden-Baden zu reisen, die Erwählte zu mustern. Sein Besuch währte zwei Tage, er unterhielt sich, wie stets, vorzüglich mit Niembsch, schilderte ihm den mißlichen Zustand, in den er Karoline mit seinem Ausbruch gedrängt habe, was Niembsch gar nicht aufnahm, Zarg resignierte, schaute sich die beiden Damen, die alte und die junge, an und war, als er, zurückgekehrt, Karoline deren Konterfei darbot, darauf bedacht, das Ordinäre des Augenscheins zu mildern. Seine Korrekturen ließen um so nachhaltiger die von ihm erkannte Natur der Damen Zegerlein durchscheinen, und Karoline kommentierte, es wäre für alle, die an dem Spiele teilhätten, am erträglichsten, es von vornherein und bis zum scheußlichen Ende, welches sie sich leicht ausmalen könne, als Komödie aufzufassen. Und sie beklagte die Willkür Niembschs, der seine Verzweiflung den Satyrn überlasse.

Die Bewegung löste sich von ihm ab, er ließ es zu, befaßte sich in schrulliger Akkuratesse mit den Formalia, erschien heiter und war es auch, zog in das Hotel der Zegerleins, frühstückte mit ihnen, die Hochzeit wurde besprochen, man unterhielt sich über die Vermögenslage, wobei sich die Damen nur in Andeutungen ergingen, man überlegte sich, wo man sich am ehesten niederlassen könne, er gab zu bedenken, es wäre am förderlichsten, man bliebe hier, in Baden-Baden, suche eine geeignete Wohnung, doch die Zegerleins zog es fort, sie fürchteten offenkundig die Furien, die Neider, den auferstehenden Herrn Zegerlein, wer weiß wen, der Umgang wurde intimer, ohne daß die Hexenmutter Verwahrung einlegte, er übernachtete bei Juliette, entdeckte, ohne überrascht zu sein, daß die mütterliche Anpreisung der Jungfernschaft Lüge gewesen war, das Mädchen gab sich, nach einigem Zieren, überaus erfahren und herzlich kühl, sie liebte ohne Anteilnahme, ihr Leib fand keine Sprache, er war stumm und öde, eine prachtvolle Hülle von Dummheit und Gemeinheit, es scherte ihn nicht, er attackierte sie, höhnisch, nach allen Regeln seiner Erfahrung, bis ihr der Atem ausging, bis sie jammerte, ich kann nicht mehr, Liebster, laß ab von mir, er sammelte, aus Ärger und Bosheit, seine Kräfte für diese durchflehten Nächte, er schlug, peitschte sie, indem er Liebe vortäuschte, und hatte sich unendlich von ihr entfernt. Sie war ihm gleichgültig. Dieses Zeug, ihr Leib, er hantierte mit ihm, und seine Wünsche arteten furchtbar aus. Juliette offenbarte sich ihrer Mutter, die ihn, in schelmischer Verbrämung, verwarnte. Sie sei ein Kind, unerfahren, auch die Liebe bedürfe der Einübung, und er: Wem sagen Sie das, Madame, mir oder Juliette, wir beide sind, täusche ich mich nicht, dieser Einübung inne. Juliette ist einer etwas pfleglosen Offiziersschule verpflichtet, und ich — mon Dieu, Madame, sparen Sie mir die Auskünfte, sie wären nicht nach Ihrem Geschmack. Und massakrierte Juliette weiterhin, ersann sich die Abende aus seiner gequälten Phantasie, träufelte Gift auf die ungelenke Boshaftigkeit Juliettes, er wünschte sie zu vernichten, er würde es, und dies alles bewegte sich ohne sein Zutun, er war eingespannt in einen finsteren Elan. Er malte das Grauen aus, jeden Abend, er stach mit Messern, von Erinnerung erhitzt, in das willenlose Fleisch. Hör zu, Juliette, nein, wende dich nicht ab, du darfst es nicht, sie ziehen sich aus, gleichmütig, ohne auf die Nacktheit des andern zu warten, sie stehen sich gegenüber, bleiche Körper, du mußt zuhören, meine Juliette, du bist gefangen, mir zu eigen, und wenngleich diese Stunde unter unseren Händen nichts ist als Schaum, der trocknet, von dem nichts bleibt, ich halte dich, ich berühre dich, ich locke deine Müskelchen zu Antworten, die du nicht schätzest, du willst dich widersetzen, spannst deine Haut, aber in dir folgt alles einem anderen Willen, das gibt der reminiszierenden Lust nach, das saugt das fremde Stück Leben in sich hinein, das spiegelt, das will, das ist süß und hart, das vibriert, atmet stoßweise und verliert dich, Juliette, unterwegs, du bist nicht mehr, ich vermag dich von dir zu trennen, siehst du, aber nein, ich will dir erzählen, wie ich, in Amerika, immer ist es Amerika, wenn ich Illustrationen für den Nachlaß des Feuers suche, wie ich in Ohio mich von einem Mädchen morden ließ: sie spürte das Ende, sie wälzte sich auf mich und erstickte mich, dann rächte ich mich, warf alles in sie, denn nie würde sie dem Zeitstrom entkommen, bequem und liebestoll wie sie war, eine unbeschreibliche Weizenhure (und was bist du schon, meine Juliette, eine Paraphrase, ein beliebig gewordener Irrtum, Nachgeschmack?), warf in sie alles, die Keime des Abscheus, des Zweifels, der Unruhe und der ausdörrenden Einsamkeit, das würde aufgehen, ich wußte es, würde sie auffressen und kleinmachen, sie würde schrumpfen in der Kälte einer einzigen Sekunde, da ich stärker war und mein Ende mir eingab, das Ende aufzuteilen. Es ist möglich, Juliette, du wirst es erfahren. Ich werde dich aufstoßen und verletzen; die Seuche wird in dir arbeiten, sie wird dein Geschlecht heimsuchen und auffordern, in Verlangen zu faulen. Du wirst dich dem Siechtum hingeben als einem einfallsreichen Kavalier, und erwarte von mir nicht, daß ich diesem Nobelmann Ratschläge erteile, er ist mir überlegen, ich habe mich aus seinem Hofstaat freimütig entlassen: dies ist deine Zeit, und sie pocht in deinen hübschen Brüsten, sie rieselt in deinem Bauch, sie kitzelt dich und wird dich öffnen für die Fledermäuse, die schrecklichsten Widersacher der Liebe.

Juliette weinte. Er mißhandelte kundig ihren Leib: Meine Braut, meine erste und meine letzte, meine Zukünftige! Aber seine Hände machten sie willig, sie genoß, und sie forderte Wiederholung. Man redete über Juliette und ihn.

Er gab vor, verreisen zu müssen, Madame Zegerlein beschwor ihn, zu bleiben, es müsse der Termin der Hochzeit beredet werden, ja richtig, der muß festgelegt werden, Madame, wie konnte ich dies außer acht lassen, sagen wir im Februar, im März, nicht im April, da überkommen mich meine Launen, im März also, im Februar, doch Ihre Güte erspare mir den April, aber wann dann genau?, Madame, das ist Ihre Angelegenheit, Sie tragen die Last der Vorbereitung, ich beuge mich Ihren Vorschlägen, unbesehen und unbedacht, ganz Ihr Diener und desgleichen der Diener Juliettes, wie Ihnen geläufig, aber er quäle sie unbeschreiblich, habe ihr Juliette gestanden, Madame, es ist nichts anderes denn eine Prüfung: ich bin um Dezennien älter als Ihre liebe Tochter, ich stähle mich derzeit, wenn das so ausgedrückt werden darf, an ihrer keuschen Glut, an ihrer unersättlichen Jugend, was wäre ich denn für ein Widerpart, ein greisenhafter Schmarotzer, nicht so, das will erprobt sein, und daß mir die Phantasie zu schaffen macht, Gnädigste, ich war ein Poet, die liebste Juliette bestärkt mich, sie schärft meine Vorstellungsgabe, und setzte es durch, für einige Tage zu verreisen, Juliette möge sich indes dem Weißzeug widmen, eine solche Beschäftigung höbe die Vorfreude, wenn sie sich hier auch innig schon mit der Nachfreude vereine, aber das goutiere für Weilen ein anderer, nicht er, Offiziere hielten sich doch auf dem Niveau, was allerdings die Zegerlein aufbrachte, er benehme sich, sie könne es nicht gefälliger ausdrücken, schändlich,

send Sie no bei Troscht, Graf, was fallt Ihne ei, des
ischt a schiere Sauerei, so könne Sie mei Mädle net
behandle, freilich, gute Frau, so nicht, also wollen
wir lieber Adieu sagen, für einige Tage, und der
Termin, der bewußte, werde dann festliegen und er
stelle sich darauf ein.

Er zog sich in ein kleines Bauerndorf im Schwarzwald
zurück, genoß die gütige Umsicht der Wirtsleute,
sandte Kürner, ihm als Einzigen, einen verklausu-
lierten Lagebericht mit dem Hinweis, es könne durchaus möglich werden, daß er ihm beistehen müsse,
mühte sich mit einer Juan-Szene, die ihm mißlang,
das Thema verschloß sich ihm allmählich, Giovanni,
kürzlich noch greifbarer Gefährte, erscheinend im
Gespräch, verwirklicht im Gedanken, ließ sich nicht
rufen, er hörte auf zu arbeiten, dachte kaum an Juliette, viel an die Schwestern und an Karoline,
wünschte sich die kontrollierte Zuversicht Zargs herbei, den er immer mehr als Freund empfand, reiste
nach einer Woche nach Baden-Baden, hörte, daß der
Termin nunmehr festgelegt sei, der erste Sonntag im
Februar, man benötige noch seine Papiere, die er
nicht zur Hand hatte, es erbitterte die Zegerlein, sie
warf ihm seine Verzögerungen vor, er gehe so weit,
daß man an seiner Ernsthaftigkeit zweifeln könne,
aber wieso denn, Madame, die Papiere werden sich
finden, und Juliette wie auch Sie werden meiner sicher sein, was ich von mir gar nicht behaupten will,
zuviel verlangt, begrüßte Juliette, die heiter auftrat,
von einigen Bekanntschaften erzählte, sie habe, mit
Mamas Erlaubnis, an einem Ball teilgenommen, es
fielen Namen, die er mit Personen nicht verband, Ju-

liette schien bereit, seine Aggressionen zu vergessen, ihre Zärtlichkeiten waren kaum vorgetäuscht, was ihn rührte, so zogen sie sich bald, unterm gefälligen Lächeln der Alten, zurück, das hinderte ihn aber nicht daran, die Qualen fortzusetzen, nur entgegnete Juliette jetzt versierter, sie hatte gelernt, sie fand Echos, die ihn in ihrer vollendeten Manier erschreckten, sie zog sich, kaum waren sie im Zimmer, ohne seine Aufforderung aus, machte sich nackt im Zimmer zu schaffen, spielte sich scheinbar absichtslos aus und verstand ihn auf solche Weise zu erregen: nicht ihre Nacktheit war es, sondern ihre Jugend, die den Frevel als ein ihr Gemäßes angenommen hatte. Sie entpuppte sich als atemberaubend versiert. So war er in der Teufelin Küche geraten. Er wollte sie, doch sie willigte nicht ein. Sie schürte die wortlose Gier seines Leibes, bis er vor ihr kniete, ihre Schenkel umschlang und bat, daß sie nachgeben möge. Wann immer er hernach sie sich zu unterwerfen trachtete, war sie ihm voraus, sie fing ihn mit Hohn und Verneinung ab, sie trieb seine Lust beobachtend in eine Ekstase und erlöste ihn ohne Hingabe. Er reiste ab, ohne sich abzumelden. Er hinterließ ein Billett, auf dem er den Damen mitteilte, er werde vor der Hochzeit wieder erscheinen, er wolle sich noch einmal ausruhen, er sei der Jüngste nicht mehr, der Schritt, den er vorhabe, sei entscheidend und »kräfteraubend«, es würde ihn erzürnen, forschten sie nach seinem Aufenthalt. Eine Woche vor der Hochzeit erschien er, die Zegerleins atmeten auf, sie hatten kaum mehr mit ihm gerechnet, obgleich er seine Papiere korrekt hinterlassen hatte, damit man seinen Teil auf den

Ämtern erledige. Wir wollen, sagte er Juliette, vor der Hochzeit voneinander lassen. Sie hingegen, auf den Geschmack gekommen und Herrin, willigte nicht ein, überraschte ihn am Abend in seinem Zimmer, behelligte ihn mit ihrem trefflichen Wissen; erschöpft, später, sagte er: Du bist die Letzte, Juliette, es ist gewiß, du bist die Warnung und nichts als die Zuspitzung dessen, was, alle Bilder und Gestalten aufhebend, wiederkehrt. Ich habe dir meine Zeit geschenkt, nimm sie und verwalte sie, ein Vampir, der seines garstigen Wesens noch nicht inne ist. Es ist vorüber. Er war verloren, er ist zurückgekehrt, der geistige Bruder, hier, an diesem Ort der Niederlage, da der äußere Gewinn den inneren Verlust nie aufwiegen kann, treffe ich ihn. Er hat Mitleid mit mir. Ich sehe ihn, und ich weiß, warum er die steinerne Hand ergreift. Frage die Grabmäler, ob es keinen anderen Weg gibt — rühre dich nicht, Juliette, ich warne dich, nichts wird mich mehr entflammen können, fürchte dich vor mir, es ist mein Augenblick, mein Kampfgenosse ist mächtig, er wird mich entrücken, er wird mich in den Kristall holen, an dem dein Atem abprallt, an dem die Stunde zerklirrt, welch ein Dummkopf bin ich gewesen, mich ins Satte zu vernarren, ins Trauliche, daß da die Uhren lauter ticken als irgendwo, unbegriffen hingenommen — nur dieser Eine rettet mich, mein Leib ist stumpf, wird stumpf bleiben für ewig, die Zärtlichkeit des Todes erahnend. Sie lief aus dem Zimmer, verängstigt, denn während er sprach, stieg in sein Gesicht eine bleiche Freude, die seine Haut straffte über den Knochen und in seine Augen troff Wahnsinn, die Schönheit eines bösen, Rache sinnenden Engels: dem gab sie nach, weckte ihre Mutter, Niembsch, jetzt hot's en derwischt, iebergschnappt ischer, des hedde m'r wisse könne, komm, Mudderle, und das Klappergestell, die Kurhexe, jagt der Tochter voraus hinüber, Niembsch tritt ihnen entgegen, ohne Tadel gekleidet, den Stock in der Hand, zum Ausgang fertig, pardon, Mesdames, es war ein Irrtum, ich bin bereit, die Schuld, wie hoch sie auch sei, zu begleichen, darauf die Zegerlein, onder tausend komme Se ons net davon, die Anstrengung, der Verlust an Ansehen, die geschändete Tochter, und er: schonen Sie Ihre Stimme, Gnädigste, das Hotel soll dem Vernehmen nach ein gutes Dutzend Ohren haben, aber die Jungfernschaft will ich, mit gesenkter Stimme, nachdrücklich bestreiten, das Töchterlein war sich im klaren über den längst verlorenen Verlust, nun gut; worauf sie: ond des will a Graf sei, a Schwindler isch's, a Drecksau sonderlichster Güte! und greift sich an den ausgemergelten Busen: A Sau ond koi Graf, mei Wort dafür; worauf Niembsch, in bester Stimmung: Ihres vielleicht, Madame, es wiegt kein Stäubchen auf, aber mäßigen Sie sich dennoch, Ihr Jüngferlein Tochter könnte Schaden an ihrer Seele nehmen; worauf sie: dia nemmt koin Schade, des kann i Eahne sage, zweitausend und koi ebbes dronter! Worauf er: das wird geregelt, beste Frau Zegerlein, ich sehe ein, die Pause muß bestritten werden, und die gute Juliette wird sich erholen wollen, doch, liebste Juliette und ohne Anzüglichkeit, ein gutmütiger Rittmeister wird sich finden — ich empfehle mich Ihnen, Gnädigste, küß die Hand, Juliette, ich bedaure es sehr, Sie gequält zu haben, aber Sie waren mit Antworten nicht verlegen — denken Sie nicht an mich, ich werde es desgleichen halten. Und den Busen gereckt, Mesdames, der Vorletzte nimmt seinen Abschied! Er verneigte sich, lachte vor sich hin, taumelte, als er die Treppe hinunterging, beglich bei dem erstaunten Portier seine Rechnung, das Gepäck werde am Morgen geholt, wanderte die Nacht lang, ohne Gedanken, durch die Stadt, sah eine Weile durch die Fenster des Kursaals einer Abendunterhaltung zu, die sich auflöste in einem verebbenden Rhythmus, der ihn ergötzte, setzte sich in den Warteraum der Post, befahl einem Dienstmann, das Gepäck aus dem Hotel zu holen, und reiste zu den Wirtsleuten im Schwarzwald, die ihn, zwar erstaunt, jedoch bereitwillig aufnahmen.

Von dort schrieb er an Kürner, an die Schwestern. Er bat, Karoline nichts mitzuteilen.

Seine Botschaft an Karoline formulierte er kurz und wünschte sich, die Empfängerin bei der Lektüre zu sehen: »Juliette ist bei des Teufels Mutter, welche auch die ihre ist. Ich habe mich verabschiedet, stinke noch nach Pech und Schwefel und werde aus diesem Grunde Ihrer Gegenwart, Liebste, eine Weile fernbleiben. Die erworbene Erfahrung ist günstig zu bewerten. Und schließen Sie, meiner gedenkend, die Augen, stürzen Sie, einen Wimpernschlag lang, in die stumme Leere, wo sich die Seele säubert. Ich lege Ihnen Dank und Hingabe zu Füßen, die Sie die Meine waren...«

Kürner holte ihn ab. Inzwischen war sein Zustand bedenklich. Er sprach nur noch wenig und wenn, dann empfahl er sich in melodiösen Abstrusitäten, deren Sinn zu enträtseln sie bald aufgaben.

Die Schwestern nahmen ihn auf. Er bekam sein altes Zimmer. Oft saß er im Garten. Manchmal sang er: eine ununterbrochen sich wiederholende Melodie, deren intensive Gleichförmigkeit den Schwestern die Vorstellung eines regungslosen Raumes aufzwang. Einmal sagte er zu Margarethe: Da hat nun die Melancholie, unsere träumerische Begleiterin, den Grund bereitet und wird verleugnet, ei wei, Niembsch, Sie müssen's bedenken!

Sarabande

Er wurde geholt, fortgeschickt und wiedergeholt. Er reiste, fuhr zurück, reiste von neuem. Er nahm daran nicht teil, es schien ihn nicht anzustrengen. Er wurde begleitet von einem Stuttgarter Lohndiener, der zurückhaltend um ihn besorgt war, die Angelegenheiten der Reise erledigte, auf die meisten seiner Fragen keine Antwort bekam und dennoch später der Meinung war, Niembsch habe ihn gut, sogar freundlich behandelt. Sein Schweigen sei nicht abweisend gewesen; auch krank sei ihm der Herr nicht vorgekommen. Margarethe, Maria hatten ihn vor der ersten Abfahrt sorgsam präpariert —

— nach allem, was sie nicht mehr begriffen hatten, nach dem langwierigen Besuch bei Kürner, von dem sie Gesundung erhofft hatten, nicht einen endgültigen Bruch, freilich womit?, nach dem Baden-Badener Ausflug zu Juliette, nach den Eingriffen Karolines, ihrem Verzagen, nach seiner Rückkehr, nach alldem ... Er redete von allem in einem, verwirrte die Daten der Zusammenkünfte, verwischte aber nicht die Konturen der Gestalten. Seine Erinnerung an Personen hatte sich nicht getrübt, sie war, wenn nicht alles täuschte, und es täuschte vieles in seiner Rede, wenn er redete, nachdem er einige Zeit nicht mehr geredet hatte, war genauer und faßbarer geworden. Er ordnete um. Seine Reminiszenz hatte einen Grad von Beweglichkeit, von Freizügigkeit bekommen, die erschreckte.

Er kam ihnen wie ein sehr alter Mann vor, dem — als wäre die unklare, blickraubende Scheibe der Zwischenzeit gebrochen — unvermittelt und unter einem jeglichen Schatten raubenden Schein die frühen Jahre wieder zuflossen. Oft schloß er seine Sätze mit einem fragenden Nichtwahr, das sich selbst schon bestätigte und das jegliche Antwort verbot: Du hattest mich damals, du weißt, du erinnerst, ich erinnere, in der Nacht, oder du, Maria (sie hatten sich gewöhnt an die Vertauschung, sie hatten gemeinsam geliebt, schonten ihn jetzt gemeinsam), Margarethe, du hattest — was nur? helft mir, es fällt mir ein, ich benötige Eure Hilfe nicht, es ist mühsam, versteht Ihr, so sorgsam zu erwägen, ob das gilt, hast mich verwechselt, damals, mit irgendeinem anderen. Der war glänzender, reicher gewesen als ich, ansehnlicher auch, kräftiger, animalischer. Oder verwechseltet Ihr mich mit dem, den ich spielte. Wen spielte ich? Entsinnt Ihr Euch? War das mein Part gewesen — aber das quälte sie, sie bemühten sich, ihn zu beruhigen, obgleich er große Ruhe ausstrahlte, sie fühlten es, dennoch ihn zu beruhigen, ihn abzulenken, und sie fragten sich, ob er noch aus dem, das ihnen wie ein ungeheuerlicher Wirrwarr aus Lebensfäden schien, zu lösen sei. Er hat sich darin versponnen, eine Puppe, ohne die Hoffnung, Schmetterling sein zu können, und sie ließen ihn reden, hörten nicht mehr hin, horchten doch auf, wann immer diese bohrende, noch immer melodische Stimme (warum auch: noch immer — er war nicht alt, ›ein Mann in der Blüte seiner Jahre‹) Vergangenes aussprach, das sich merkwürdigerweise nicht als Vergangenes ausgab, sondern da war, jeden Moment, sich regen und erregen ließ, von ihm, der still blieb, lauernd, etwas erwartend, das endgültig alles, was er da redete und redend in sich sammelte, umfassen würde, zusammendrängen —

und vor der ersten Abreise hatte er auf Margarethes, Marias sorgliche Hilfe erwidert: Ja, es ist schon gut, ist schon recht, ich danke Euch, und sagte unvermittelt, während sie das Plaid über seine Knie breiteten, dem Diener Instruktionen gaben, wie Herr von Niembsch reagiere beispielsweise auf überraschende Kühle, er verkühle sich leicht, achten Sie darauf: Ist es denn wahr, daß Karoline im Sterben liegt? und er nickte dabei, unbeteiligt?, vergessend?, zufrieden?, er war ihnen entronnen, sie enträtselten ihn nicht mehr, ihr Bruder hatte von Unmenschlichkeit gesprochen angesichts solcher Reaktionen, aber sie mutete das so nicht an, sie glaubten (hofften sogar), eine Krankheit halte den Geliebten umfangen, presse seine Seele mit einer Gewalt, die kein Gefühl mehr gestatte.

Sie ließen ihn gehen.

Sie empfingen ihn, und der Diener bekundete, es gehe Frau von Zarg besser, Niembsch sprach nichts mehr, sie flehten ihn an, wenigstens über Herrn von Zarg zu berichten, da lächelte er und nickte, wie oft. Aber seine Augen überzog kein vernunftloser Schleim, sie waren hell, erfreut. Der Diener berichtete, der Herr von Zarg sei überaus freundlich und heiter gewesen, die beiden Herren hätten sich lange und angeregt im Garten unterhalten, das habe er beobachten können.

Er fuhr von neuem ab, getrost. Wiederum begleitete ihn der inzwischen an die Schrullen des Edlen gewöhnte Lakai, ein treuer und achtsamer Mensch.

Die alte Frau, die Sieferl, die er mochte, weil sie in seinen Blicken ein und aus ging mit einer Selbstverständlichkeit, die neuerliches Besinnen auf ›wie war das gewesen, seinerzeit‹ nicht nötig machte, führte ihn hinauf in sein altes, unverändertes Zimmer: dort, an der Längswand, der Sekretär, übersät von Einlegearbeiten, die bauschigen Mullgardinen an dem hohen, schmalen Fenster, das Fensterbrett aus wunderlich gemasertem Holz, doch keine Tür hinaus: da bist du gegangen, nicht hier, doch hier, gegangen, zur Tür hinaus, auf Zehenspitzen, die Altane entlang, eine Nacht, die mit ihren Sternen prunkte, der Streif aus der halboffenen Tür: Madame von Zarg? Karoline? Etwas hatte ihn aufgehalten, Schüchternheit, Furcht, hatte ihn gebannt, er konnte nicht hineineilen, später ähnelte alles — was? Er spielte nicht sich, er spielte den Jungen: unverstellt, in jeder Geste, die Altane hinaus (aber hier öffnet sich keine Tür), erst eilig, befeuert, Sehnsucht, Neugierde, Laune, die Attraktion der Frau: du warst, bist schön, Karoline.

Die alte Wärterin stand hinter ihm: Wo soll ich das Gepäck hinstellen, Herr von Niembsch?

Überlassen Sie's dem Diener. Und dankschön.

Musterte ihn, nicht bösartig, ein bißchen verwundert: Sie haben sich gar nicht verändert, Herr von Niembsch, verzeihn Sie mir, daß ich das so sage, gar nicht, allenfalls nach rückwärts verändert haben Sie sich.

Sie hatte recht. Er gab es ihr zu, tätschelte ihren Arm: Das war lieb von Ihnen. Und schließt die Tür, will zur andern hinaus: Karoline, ich bitte dich, laß mich jetzt nicht im Stich, wird sie mich begreifen?
Herr von Zarg warte auf ihn, unten in der Halle. Er ging, er vertraute Zarg, er hatte mit ihm geteilt. Er hatte nicht verloren, nein, und nicht gewonnen. War vorbeigekommen, Bewegung verwischte, verschleifte das, was er sah: später, im Rückruf, ordnete er sich's wieder, legte übereinander, was auseinandergeraten war, holte die Konturen, die sich zersplittert hatten und auseinandergetreten waren, wieder ein. Er erkannte sich in alledem nicht mehr. Er hatte sich daraus begeben, um es genau zu überschauen. Dort, wo er hätte stehen sollen, dort, wo er seinen Gang, seine Geste, sein Lachen und seine Melancholie erwartete, sah er blanke, leere Stellen — als hätte ihn einer ausgeschnitten. Er schaute hindurch. Dann irrten seine Blicke zur Seite. Die Szenen standen still:

hier: Karoline — später, einmal, zweimal, die Wiederholung der Ankunft, die Wiederholung der Begrüßung, die Halle, Zarg, der entgegenkommt, gelegentlich streift das Auge das Profil der Frau. Es löst sich nicht auf, wie er es erwartet hatte. Er? Diese Leerstelle, die da war und die alle Bezüge stocken ließ, die Bewegungen einhielt, Gebärden unterbrach, brach, das Profil, es erleichterte sich, seine Fülle gab sich auf, wurde bleich, nur die Ränder verstärkten sich, der Steg der Nase, »lieblich und klar«, die Lippen, sie dorrten aus, sie starben nicht, an der Grenze, ermüdet, Verluste schmeckend, aufsaugend, die Augen sah er nicht, das Haar nicht, eine Andeutung der Stirn und den Flug der Haare. »Dein Haar hat Lieder, die ich liebe«, aber er hatte das nicht wissen können, hatte es nicht geschrieben,

hier: die Schwestern, ein vergilbendes Bild, viel Landschaft, kräftig, rauchig, er schmeckte sie, womöglich noch eine Spur von Elan, was ihn erstaunte, Maria, Margarethe, er sprach sie, spricht sie an, hast du sie je angesprochen?, hält sie an den Händen, da ist Aderwerk an dem Arm, ein helles, stockendes Violett, auch dies überrascht ihn, sie gleiten langsam von ihm fort, in ein altes Bild: es war seines nicht mehr, die leere Stelle, die ihn hätte markieren sollen, war erloschen; es schloß ihn aus —

hier: Juliette, Madame Zegerlein — kein Hintergrund, alles ausgespart, auch keine rettenden Umrandungen wie bei Karoline, nichts, doch kräftig der Leerraum, der ihn beherbergt hatte, als wäre er noch warm von seiner Anwesenheit. Die Gesichter der beiden Frauen halten mitten in der Verzerrung ein, ein fragmentarisches Leben, verdorbene Vitalität, er schmeckt es, er atmet heftiger —

Sie sollten mich nicht so lange warten lassen, lieber Niembsch; es war Zarg. Niembsch ergriff die Hand des Mannes und drückte sie mit rührender Geste gegen sein Herz. Zarg gab ihm nach, nur sein Gesicht wendete er ab, die Augen. Niembsch löste sich, es war nichts geschehen, nichts: sein Oberkörper fiel nach vorn, der Kopf neigte sich.

Ja, gehen wir hinunter. Darf ich Karoline sehen?

Gewiß, bald. Der Arzt ist bei ihr, die Sieferl wird Sie rufen.

Werden Sie dabei sein?

Nein, Niembsch.

Sie sollten es, Zarg.

Versuchen Sie es allein, seien Sie still. Aber Sie sind es.

Sie kamen unten in der Halle an, durchquerten sie, Niembsch, nun wieder aufgerichtet, dennoch ein disparater Gang — Zarg um so sicherer, sich bestätigend im Gehen, was Niembsch ermutigte. Durch die Halle, die er liebte, die er bewohnt, die er aufgesagt hatte, hinein in Zargs Arbeitsraum.

Hier werden wir warten, bis Sie gerufen werden. Trinken Sie mit?

Zarg hielt die Flasche gegen das Licht, das ungerührt brannte, nicht blakte, nicht flackerte, Rotwein.

Sie verstehen etwas davon, sagte Niembsch. Sein Glas stand schon auf dem Rauchtisch. Er wiegte seinen Oberkörper hin und her, wollte die Wörter nach oben treiben, wollte etwas sagen. Nicht sprechen, jetzt, nicht sprechen. Doch er spricht, Zarg: Es tut mir leid, Niembsch. Was tut ihm leid? Der Zustand seiner Frau? Daß er verlassen sein wird? Er wird sich einrichten, wird arbeiten. Was schmerzt ihn: er spricht weiter: Niembsch ist wieder aufgestanden, wandert umher, Zarg sieht ihm zu, redet, leise, abgehackt, sich hinter Sätzen versteckend: Es war nicht vorauszusehen. Sie war nie gesund, aber dies. Sie war die letzte Zeit vergnügt gewesen, hatte sich in alles geschickt, freute sich über jeden Brief, der von Ihnen kam, es war, als erleichtere sie sich. Ich weiß

nicht, ob es so etwas gibt, mir schien, sie verlor viel
von dem, was uns schwer macht, was uns haften läßt
an Dingen, an der Erde, an den Menschen.

Das ist gut — Niembsch merkte auf. Berichten Sie
von diesem Zustand, Zarg, erzählte sie von mir, von
früher, war sie belebt dadurch?

Ja, sie erzählte von früher, ohne Scheu von der ersten
Begegnung mit Ihnen; ich bin nicht genau genug;
was halten Sie davon, wenn ich sage: Sie konnte so
wenig betroffen, so abgetrennt, ja so ungerührt davon reden, weil sie es ansah, weil sie nicht mithan-
delte, sondern sich mithandeln ließ? Begreifen Sie
mich?

Sehr wohl, Zarg. — Und —

Sie war enragiert von Ihrer Idee, Niembsch, die Sie
ihr mehrfach — auch mir, wenn Sie sich erinnern —
vorgetragen haben, aus der Zeit treten zu wollen,
eine Situation . . .

Niembsch hielt in seiner Wanderung ein: Aber nein,
Zarg, lassen wir das. Ich bin auf Erfahrung verses-
sen, das hingegen ist Spiegelung, wenn nicht weniger. Wie geht es ihr? Sie geben mir keine Auskunft.
Schonen Sie mich nicht, Sie haben ohnehin eine Last
zu tragen, die ich nicht zu begreifen wage.

Wie es ihr geht? Sie ist stumm, sie nimmt ab. Ich
habe nicht geahnt, Niembsch — es ist diffizil, und ich
nehme mein Leid aus, seien Sie mir gewogen, ich
bitte Sie —, nie und nimmer geahnt, daß jemand in
kleinsten Schritten sich davonstiehlt. Das ist kein
Sterben, das ist eine Abnahme des Bewußtseins, des
Vitalen, doch irgendwo, noch in diesem Geschöpf,
das sich entseelt, nimmt das wieder zu, was ver-

schwindet, reichert sich wieder an, in einer Ecke, wie in einer Kugel, die sich füllt mit einem unsäglich herrlichen Geist, dem Aroma des Dauernden.

Niembsch stand hinter dem Stuhl, dort, wo er gespielt hatte, vor sich und den beiden, er ließ die Augen des Freundes nicht aus seinen Augen. Er band sich an den ermatteten Blick des Mannes, der nächtelang gewacht hatte, kaum mehr fähig war, auf Seufzer zu reagieren; der zögernde Tod — er ertrug ihn nicht mehr. Niembsch, seine Hände auf der Lehne, hielt diese Sätze auf. Sie blieben bei ihm. Der das beobachtet hatte, betroffen von einem Verlust, den er sich noch nicht eingestehen wollte, war ihm nah: Daß ich ihn habe berauben müssen.

So gegenwärtig Sie Karoline in Ihren Briefen waren, Niembsch, Sie hatten sie aufgegeben, nicht ganz, sie war ausgeschieden, vielleicht nur aufgeschoben. Die Schwestern, noch einmal, dann Juliette. Ich will Sie nicht aufstören, gar peinigen. Ist es nicht unsere Stunde, ehe Sie zu ihr gehen? Sie wird uns beide verlassen, Niembsch. Wie weit waren Sie schon davon, brauchen Sie lange zurück? Sie wartet nicht mehr auf Sie, hatte es in den letzten Monaten aufgegeben, sie braucht nicht mehr zu warten, das ist vorüber. Sie ist unterwegs. Und Sie. Mir ist es, als spürte ich, unfaßbar zwar, eine parallele Bahn: Sie und Karoline, die Prüfung gerät an jenen Punkt, da Sie endlich erkennen, ob alles vergebens war oder ob Sie erreicht haben, was wir — und wir fürchteten uns vor Ihnen, selbst wenn wir Anteilnahme und Verständnis vorschützten — für unmöglich und für frevelhaft erachteten. Nehmen wir die Figur; von

Kürner haben wir erfahren, Sie hätten einen Don
Juan zu schreiben begonnen, ein magnum opus, die
Bestätigung der Maske, Don Juan,

aber der wird
nicht kommen, dieser nicht, jener wohl, den er am
Ausgang gewahrt, am Ende des Labyrinths, das in
verwirrendem Gleichmaß ihn aufgesogen und nach
schonungsloser Aventüre wieder entlassen hatte,
sieht ihn, markiert ihn, kein Wesen mehr, das flüchten könnte, wann immer es gepeitscht, gedrängt, ver-
letzt würde, an festem Ort, dort, wo das Licht nie-
derbricht, sich verfestigt, zuschlägt, wo der Greuel
der Stunde, die Marter der Bewegung und Veränderung enden, wo die Lust zum Aufbruch sich endlich aufhebt, wo die Beschreibungen ihren Anschein
von Realität und Wahrheit verlieren, dort, wo die
Maske verwächst mit dem Gesicht, am Ende erst,
und wo sie gleichzeitig sich auflöst und den Ur-
sprung preisgibt: er hatte immer nur verloren, verloren — und was er nun gewonnen hatte, war die
Einsicht, daß der Verlust nichts war, den Gewinn nur
summiert hatte, ein gorgonischer Speicher, in den
Sprache einrieselte, alle Wörter der Erinnerung, sie
wurden gequetscht, ausgepreßt, entseelt. Hier stapel-
ten sich die bloßen Hüllen übereinander, Zeugnisse
vergeblicher Anstrengung, alles, was sich Geschichte
nennt; er erfuhr es: fast blind, nicht mehr erreichbar
von irgendwelcher Regung — er hatte sich eingeholt.
Die Vereinigung dessen, was er war: in Wörtern, in
Gebärden, in Erinnerungen, in Belebungen und Apa-
thien, in Kontakten und Vereinsamungen und dessen, was er geblieben ist: die Erwartung der Bewe-

gungslosigkeit, des Falls aus jeglicher Bewegung und die Erkenntnis, darin zu sein, befreit von aller Bindung, wo er am Anfang war und wo er am Schluß wieder sein wird —

der wird nicht kommen, dieser nicht —, jener freilich hat den Fortgang versucht in der Spiegelung, in der Wiederholung. Sieht er sich um? Er wagt es nicht. Jetzt: Haut auf Haut, Name auf Name, Nacht auf Nacht. Erst die Verwunderung der Einmaligkeit, kein Name mehr, kein Gesicht mehr, Geruch einer Stadt und einer Stube, Wien, Dunst einer Krankheit, doch die üppige Hingabe, Stöhnen, es öffnete sich und verschlang ihn, ein Hügel aus Haar und Schleim, er ging unter, dies wieder und nicht noch einmal, erneuter Versuch, die Schritte über die Terrasse, der Einflug von Licht, das Spiel, gekonnt und niemals verflucht, erfüllte es ihn mit Heiterkeit?, er findet keine Antwort, es erhob ihn, erleichterte ihn, viele Male, die Schäbigkeit des Gleichmaßes, Angleichung der Gesichter, auch jenes aus Ohio, war es dies?, Juliette, sie nicht zuerst, Madeleine, oder hieß sie nicht so?, ein dünnes Geschöpf, leicht zu gewinnen, lustlos, doch schon diese fünf, sechs, sieben Gesichter, diese fünf, sechs, sieben ununterscheidbaren Stimmen, diese fünf, sechs, sieben Leiber, die so sind, wie er es erwartet, wünscht, herausfordert.

Wohin, Niembsch, wohin? Zwar ahne ich Ihre Irrfahrt, dennoch bin ich nicht sicher: decken sich Gestalt und Erfahrung?

Wenn ich nur wüßte, wer mich zu Giovanni brachte? Und diese Torheit der »Wiederholung«. Aber was ich daraus erwarb, Zarg, das paßt sich mir an und wird mir zu eigen. Wir verlieren die Worte, unter solchen Umständen bricht die Sprache aus ihrem dem Verständnis gebietenden Zusammenhang. Es sind Gedanken, die der Wortlosigkeit zuneigen.

Wie oft hat Karoline davon gesprochen. Sie ahnte es. Sehen Sie nun ihre Warnung vor der Bindung mit Juliette ein? Eine verzweifelte Idee — war es je mehr gewesen, solch ein junges Geschöpf, dumm und habgierig zudem —

Halten Sie ein, Zarg. Nicht dumm, nicht habgierig, damit können Sie Juliette nicht treffen. Mag sein, Luzifer hat sie geschickt. Es war eine Sendbotin zur rechten Zeit. Bös und gerecht — es wären die zutreffenderen Bezeichnungen, falls sie noch zu bezeichnen gewillt sind, ich bin es nicht. Und die Mutter? Herrjeh: die Spielmeisterin, deren Tücke ich nicht durchschaute. Zu spät. Die beiden haben mich viel gelehrt. Ich erkenne die Notwendigkeit an. Karolines Warnung jedoch, warum sind Sie nicht aufrichtig, Zarg?, Sie sind es sonst, entsprang der Eifersucht. Sie hatte mich aufgegeben, sie begriff, was ich mit den Schwestern vorhatte, erfaßte die Exerzitien bei Kürner. Juliette erschien ihr als Rückfall. So unerfahren, ein solches Luder — und die springt mir in den Weg, den ich vorgezeichnet sah. Hellsichtig war sie wohl, doch nicht genug: eine mußte noch kommen, nach allen, die den Ekel erneuerte. Die mir die Lust als Zeit enthüllte. Auch Wörter enthalten Zeit, indem wir sie sprechen, verbrauchen sie Zeit, und die Wörter selbst, Zarg, ich dränge auf Sie ein, Sie müssen, müssen mich verstehen, die Wörter selbst sind

Zeit, weil sie erinnern, weil sie in sich enthalten, was wir möglicherweise gar nicht mitsprechen wollen.

Sie gehen zu weit. Sie rühmen, mich entsetzend, die Vereinzelung.

Zarg! Sollte das nicht einer versuchen. Meinetwegen: ich. Versuchen. Als Exempel.

Sie verlassen jede Sicherheit, jede Bindung.

Und was wünschen Sie als Sicherheit bezeichnet? Sie ermutigen mich geradezu, Zarg.

Karoline schenkte mir Sicherheit,

indem sie Sie mit mir betrog,

indem sie mir darstellte, daß jener Vorgang, den Sie Betrug heißen — wie plebejisch, lieber Niembsch —, eine Erläuterung meiner selbst und unserer gemeinsamen Existenz war.

Idealisch gesprochen, Zarg. Der Gutsherr als getreuer Sänger ewiger Sympathie.

Spotten Sie. Ich bitte, denken Sie an Karoline. Wir reden dumm daher, und sie —

Sie verläßt uns, sie stirbt, Zarg; meinen Sie nur nicht, ich hätte das währenddessen mir aus dem Sinn disputiert.

Sie verläßt mich! Nicht Sie. Wer könnte Sie verlassen, Sie, der Sie verlassen werden wollen und sich selbst verlassen, inständig nichts anderes herbeisehnen als den Augenblick unbegreiflicher Verlassenheit. Ich zweifle, Niembsch, an Ihrer Menschlichkeit.

Ich auch, Zarg. Aber das hat nichts mit dem zu tun, was ich denke. Da wäre Menschlichkeit ohnehin Vorwand, und ich will Sie, wie mich, mit derartig partiellen Bemäntelungen verschonen.

Verzeihn Sie mir, ich war etwas unwirsch, die Situation —
Aber nein, ich habe nichts zu verzeihen, gewähren Sie mir Pardon. Ich drücke mich undeutlich aus. Noch einmal ein Anlauf, er wird wieder vergebens sein, die Helligkeit läuft mir fort, ich erahne sie nur, ich haste ihr erbittert nach. Ich wünschte mir, Zarg, eine Sprache zu finden, die noch niemand gesprochen hat. Eine Sprache, geschichtslos und rein. Wörter, die leer sind, von ungebrochener Resonanz. Diese Wörter binden sich nicht aneinander, kennen keine grammatikalische Verschwisterung. Doch werde ich sie nicht dürftig schelten. Ich werde Wort für Wort aussprechen, jedes nur ein einziges Mal, damit sich keines anreichere mit Erinnerung. Ich werde das Wort aussprechen und es vergessen. So wird das Wort auch mich vergessen. Es wird in seinen vorhergegangenen Zustand fallen, kaum angerauht und verändert durch meine Stimme. Und es wird sich in der folgenden Ruhe wieder gänzlich erholen, bis ein anderer es findet, Jahrhunderte später, sagen wir, das Wort »Liompa«, bis er es findet, gebraucht und abtut. Er setzt es ein als einmaligen Ruf. Er verwirklicht sich, während er es spricht, und verleiht dem Wort den Funken Leben, den es braucht, um Wort zu bleiben. Es mag sein, daß dies auch die Sprache der Liebe ist, Zarg, nach der ich fahnde, da sie von allem Gebrauch nichts mit sich trägt. Sie würde so vernünftig sein, wie es die Liebe kaum erträgt, ihre Reinheit würde uns entschädigen für ihre Kälte.
Don Juan, Niembsch, Sie gehn von ihm ab, weichen mir aus —

Es ist seine Sprache, nach allem, was er erlebte. Er überschreitet nicht die Schwelle, der Steinerne Gast holt ihn nicht. Er holt sich selbst. Indem er sich aller Versuche entledigt, die uns erregt haben, seinen Lauf betrachtend, seine Phantasie, die gewaltig ist, erwägend. Alles dessen bedarf er nicht mehr.

Und die Frauen? Was ist er ohne sie? Niembsch, das scheint mir gewaltsam und der Gestalt nicht gemäß.

Vielleicht haben Sie recht. Nein: wiederum sehe ich den Ausgang des Labyrinths —

Welches Labyrinth?

Hören Sie mir zu —

er hat, Don Juan, die lange Zeit, da er umherirrte, unendliche Male den Weg wiederholte — denn was wäre sein Ariadne-Faden denn anderes gewesen als die Kenntnis der Wiederholung? — er hat zu sprechen verlernt. Nicht Minotaurus begegnete ihm im Innern; er rief sich Circe und spiegelte sie, rief sich Elvira und spiegelte sie, rief sich Donna Anna und spiegelte sie, rief sich Zerline und spiegelte sie, rief sich Karoline und spiegelte sie, rief sich Margarethe und spiegelte sie, rief sich Maria und spiegelte sie, rief sich Juliette und spiegelte sie, rief sich, rief, rief: sich —

Niembsch, was wollen Sie, das ist ein zermürbender Unsinn.

Zarg musterte das Gesicht Niembschs, der, denselben Satz immer schneller sprechend, sich hin und her gewiegt hatte, in eine Verzückung der Gleichförmigkeit geratend, doch dieses Gesicht drückte nichts mehr aus: es war still, es konnte offen sein oder verschlossen. Es schien ihm leer; als hätte es sich eben entleert.

Nicht, Zarg. Erkennen Sie nicht das Muster des Labyrinths? Es ist keines gewesen, ist eines geworden. Meines und ihres. Das der Erinnerung, die ich verfluche. Ich bin gewillt, mit ihr meinen Spaß zu treiben. Ich entwaffne sie, entreiße ihr Bilder, Gestalten, Wörter. Nichts wird ihr bleiben. Ich werde ihr bleiben, gewiß, aber sie wird mich nicht haben wollen. Sie schlägt nicht mehr, mich nicht und das, was zu mir gehört nicht. Und sehen Sie ihn nun, Zarg, den Giovanni am Ausgang, ohne Last, ohne Furcht, nicht mehr sein zu können, nichts mehr finden zu dürfen, keine Verlockung, keinen flüchtigen Kuß, keinen aufjauchzenden Sturz — er weiß es nicht mehr, oder — Zarg, merken Sie mir nur auf — er weiß alles in allem. Was er weiß, wird nicht mehr durchwirkt von Bewegung. Es ruht in ihm. Ohne Zeit. Es bedeutet ihn: wie ein Blitz: der hat getroffen, vorher jedoch hat er das Getroffene ungleich stärker erhellt, als es je zuvor geschah. Er begreift sich, voll und ganz, von Anfang bis zum Ende, und nimmt die Finsternis auf sich —

Das ist der Tod, Niembsch —

Nein, es ist mehr. Oder es ist weniger. Das vermag ich nicht zu entscheiden. Es ist ihm, mag sein, sogar gleich: aber es läßt sich erfahren.

Sie machen mir Angst, Niembsch, lassen Sie von Ihren Phantastereien ab, ich bitte Sie, wohin soll das führen?

Sie fragen es selbst. Mich interessiert es, Zarg, das ist alles.

Die Sieferl trat ein, flüsterte Zarg ins Ohr, Niembsch mit einem Anflug von Mitleid betrachtend. Ihre Traurigkeit war warm: Trauer der Räume, der Dinge, des Hauses. Sie wird die Herrin verlieren. Sie wird für den Mann weiterarbeiten, wird die Legende der Herrin vor sich hin reden; Niembsch dachte: Aristokratie ist dem Wesen übertragbar, diese alte Frau dient, aber sie ist nicht minder Herrin über das Haus, bewußt und voller vernünftigem Adel, wie die Dame, welche stirbt, Herrin über sie war. Und ist, noch ist.

Zarg sagte, er hatte gezaudert und vor sich hin gestarrt, dann das leere Weinglas genommen und den Stiel zwischen den Fingern gedreht, sagte: Sie sollen zu ihr kommen, Niembsch. Sie ist ein bißchen wach geworden, und sie hat begriffen, daß Sie im Hause sind. Wenn sie . . .

Seien Sie versichert, Zarg, ich werde Karoline nicht anstrengen.

Der Mann sah ihm nach. Dann setzte er sich an den kleinen Tisch.

Niembsch folgte der Bedienerin durch die Halle, die Treppe hinauf, den Gang entlang. Immer führen zu Sterbezimmern Korridore.

Da war er oft gegangen. Karoline ihm voraus, einen Leuchter in der Hand, flüsternd, niemand möge sie hören, oder sie hatte ihn erwartet, und er war ohne Licht hinaufgeschlichen, obwohl sie alle, die Sieferl, der Kutscher, die Lakaien (und Zarg) es wußten, auf Zehenspitzen zu ihr, sie erwartete ihn, ihm war leicht, unglaublich leicht, sie lachten — bitte nicht zu laut, Nikosch! und manchmal führten sie eine Komödie auf, sie empfing ihn, vor dem Tischchen stehend, das gedeckt war, Wein, Gläser, kleine Leckereien, er verbeugte sich an der Tür, sagte, Madame, ich bin erfreut, daß Sie so gnädig sind, mich zu empfangen, sie hob, unnachahmlich, den rechten Arm, einladend, sie zu stützen, und sagte dann, jedesmal dasselbe, sagte dann: Aber mein lieber Niembsch, Sie wissen ja ... Wußte er? Er dachte: Du bist jung, Karoline, jünger als ich, wie kommt das, und nun ließ die Sieferl ihn ein, die das erste Mal ihn zum Zimmer geleitete: er kannte diesen Raum, konnte ihn zeichnen, ihn aufsagen: der Tür gegenüber die beiden Fenster, rechter Hand beigelackierte, chintzüberzogene Stühle, der violette Fauteuil, ihr Sekretär (er war geöffnet; aber sie konnte doch nicht aufstehen?, schrieb Zarg hin und wieder an ihm, während er bei ihr wachte, ließ sich die Sieferl von Karoline Schriftliches auftragen?) und links das Bett, die Volants waren fast zugezogen, er sah sie nicht, nur ein Leuchter stand auf einem an das Bett gerückten Tische, zwei Lichter, er bemühte sich, sie zu hören, doch kein Atem, die Sieferl hatte zu ihm gesagt, es ginge der Gnädigen Frau wohl, den Umständen entsprechend, sie empfinde nicht mehr die große Not wie noch vor einigen Tagen, und das redete in ihm fort »die große Not«, ergänzte sich, widersprach: »das große Glück«, ich bitte Sie, Karoline, seien Sie mir auch in dieser Stunde gewogen, würde sie es sein?, würde sie ihn erkennen?, mit ihm sprechen?, strengen Sie aber die Gnädige Frau nicht allzusehr an, sie bedarf der Schonung, es ist wahr, wer stirbt gern »in großer Not«, sie hat recht, die Tür geöffnet, die Vorhänge bewegen sich im Zug, nichts zu hören, er tritt ein paar Schritte in das Zimmer, und die Bedienerin sagt: Gedulden Sie sich eine Weile, Herr von Niembsch, die Gnädige Frau ist eben eingeschlafen, sie wird sich regen, wenn sie aufwacht, dann können — sie sprach nicht weiter. Was: dann können? . . .

Er sah den Kerzen zu beim Brennen. Das tat seinen Augen nicht wohl. Dieses Experiment, wie geht es aus? Er bekam die Wörter nicht mehr zusammen, dachte in einer Sprache, die ihm nicht geläufig war: Sperei an glogan dos, nomoi gwas odoi o Ödenburg. Dorthin? Es drängt immer wieder zum Beginn, der ist kaum variabel, Niembsch, du kommst mit dem nicht zu Rande, schwirrt ums Köpfle, ond schnaubt durch d'Nacht, d'r Himmel ond jetzt falld er nonder, komm Niembsch, komm Nikosch, »sei leicht«, und deine Haut, Karoline, rote Haar', braune Haar', er fühlt sich jung, aber nein, die ist jung, die Frau, steht und lacht und wirft die Arme hoch, nomoi kwann samal endor, habbe sie mi scho ghört, jetzt bricht's auf, elles, om Himmelswilla, Niembsch, komm, und über die Altane, damals in Ödenburg, wirft den Stein, schreit: der Hund! und kommt nach Haus, trägt ihn durchs Zimmer, ins Bett, streichelt das Büblein, müd bist und es wird nimmer vorkommen, der Schlawiner, ein Hundsfott ist er, hast recht, Buberl, die Kugelstirn, kühl ist sie, heiß ist sie —

Komm her, Niembsch, ich weiß, du bist schon eine Zeitlang im Zimmer, ich hab' deinem Atem gelauscht, zieh den Vorhang zur Seite.

Ihre Stimme hatte kaum Resonanz, zum Fortfliegen

bereit, kurz vorm Stummwerden, komm her, Niembsch, hab keine Angst vor mir, ich will so sterben, wie du's magst, nur mußt du mir's sagen. Ich kann mir Sterben noch immer nicht richtig vorstellen, man muß ein Bild davon haben, nicht wahr, Niembsch?

Er trat an das Bett, zog die Vorhänge zur Seite, sie lag ihm zugewendet, die Haare gelöst, das Gesicht bleich und darinnen blasse Lippen, blaß wie die Haut, das Haar feuerte, rotes Haar, nicht braunes, sagte er, sie reckte sich auf, mühsam, stöhnte, hüstelte, im Nu verfiel, was Gesicht war, spannte sich wieder, sie gab sich Mühe: Rotes Haar, Nikosch?

Ich weiß nie, ob braunes, ob rotes, Karoline.

Mußt dich schon entscheiden.

Eben hab' ich's getan.

Gut, du wirst noch der, den ich wollte.

Wen wolltest du?

Hol dir lieber einen Stuhl und setz dich neben mich, halt mir die Hände.

Verzeih.

Man muß sich Gründe schaffen zum Verzeihn.

Er trug den Stuhl herbei, setzte sich, nahm ihre Hand, sie war verschwitzt und leicht.

»Sei leicht, Niembsch«

Das sagst du daher, Nikosch, bedenkenlos, das kann ich nimmer —

Sei nicht frivol, Karoline.

Warum? Ich wünschte mir, ich könnte es, mitten im Sterben; doch das strengte mich zu sehr an und ich merkte nicht, wie ich fortgehe, und du erst recht nicht, wie ich dich kenn'.

Nun bist du bös.

Es ist wahr. Ich habe mir's vorgestellt. Vielleicht können wir uns es miteinander ausdenken, dann geschieht es auch, du und ich, du hältst mich fest, hast mich und ich verlier' mich. Du verlierst dich nie. Du grübelst, wenn du liebst. Das ist schlecht. Ich habe dir's nicht austreiben können. Der beste Liebhaber bist du nicht, Niembsch, zu entfernt, zu weit — ach was. Du warst noch nie so schön, Karoline.

Sie lachte, griff mit der Hand zur Brust: Da tut es weh. Da beginnt der Tod, Niembsch, erst hier, dann in den Füßen, dann kommt das andre dran, zuletzt der Kopf.

Er fuhr über ihr Haar, es legte sich in Strähnen, aber es duftete wie eh und je, legte seinen Kopf auf die aufgelöste Flechte:

»Dein Haar hat Lieder die ich liebe«

Ist das von dir?

Es könnte von mir sein, hätte von mir sein können —

Du machst Scherze —

Nein, ich höre Zeilen, ungeschriebene, die einer schreiben wird, sehe seine Lippen, die Sätze formen —

Und wie geht es weiter?

Ich weiß es nicht, vielleicht fällt es mir noch ein. Es ist mir fremd, nur kurz war es mir vertraut.

Warst du wieder bei Kürner?

Ja.

Von dem hast du all die Doppelgesichtereien. Der hat dich gefangen in seinem klebrigen Zaubernetz. Da hängst du nun, armer Fliegenmann.

Lassen wir's Karoline, das ist nicht mehr nötig, ich brauche Kürners Hilfe nicht mehr.

Bist du weiter? Bist du auf meinem Weg?

Auf deinem?

Du erschrickst. Ich wollte dich nicht entsetzen. Nicht der Tod, ach nein, den wünsch' ich dir nicht, der bedrängt einen, den nicht, laß mich einen Moment ausruhen, gleich —

Ihr Kopf sank tiefer in das Kissen, sie schloß die Augen, auf ihren dunklen Lidern zogen sich geschwollne Äderchen:

Meinst du denn überhaupt mich? Er blies eine der beiden Kerzen aus. Was brauchen wir Licht. Wir haben gelernt, uns in der Dunkelheit zu sehen.

Er sieht sie nicht an. Er denkt nichts. Er ist nicht müde. Er streicht mit der einen Hand über die andere, in langsamem, beruhigendem Rhythmus. Er wartet nicht, daß sie wieder erwache, mit ihm spreche. Sie wird erwachen, wird mit ihm sprechen. Sie wird sterben. Er sagte laut: Noch in dieser Nacht. Sie regte sich nicht. Er hörte, daß die Tür vorsichtig geöffnet wurde, jemand hinter ihn trat, dann Zargs Stimme:

Ist sie eingeschlafen?

Ja.

Bitte, nicht anstrengen.

Nein.

Obwohl es gleichgültig ist.

Das wissen wir nicht, Zarg.

Hatte sie Schmerzen?

Offenbar nicht. Sie war heiter, fast ein wenig spöttisch. Ihre Frau ist schön, Zarg, sie ist klug, jetzt ist sie weise.

Sie ist es immer gewesen, Niembsch, im Leben hat

sie uns hin und wieder getäuscht. Im Sterben spielt sie das, was sie ist, keine Textänderung mehr, keine Maskierungen, keine Scharade, hinter der ein Sinn zu suchen wäre, eine Lösung, die uns alle bestürzen oder erfreuen könnte. Sie wiegt uns in Sorglosigkeit. Zarg ging. Denken Sie an das, was ich vorhin gesagt habe. Don Juan. Mag sein, auch Karoline wird das Stichwort noch einmal versuchen. Seien Sie vorsichtig. Sie weiß mehr als Sie. Sie ist Ihnen voraus. Warum voraus?

Es ist töricht, derart zu fragen, Niembsch. Lassen Sie sich nicht zu tief mit ihr ein. Kommen Sie nachher zu mir? Bleiben Sie nicht allzulang bei ihr, ich bitte Sie. Zarg ging.

Als Karoline erwachte, erwachte auch er. Er hatte nicht geschlafen, hatte sich einer erquickenden Leere ergeben. Das ist mehr als ein Anfang, sagte er sich. Du hast eine Kerze gelöscht, sagte sie. Wir brauchen nicht viel Licht. Du weißt, Niembsch, das gehörte zu unserer Zeremonie, ehe du kamst, ich hatte meine Kleider abgelegt, manchmal war mir, daß die Haut auch noch eines sei, daß sie uns voneinander trennte, dann war sie heiß und spannte. Wie war das mit den Schwestern, Niembsch? Du hast mich betrogen? Du sagst nichts? Mit zweien in einer, mit einem Doppelbild. Du hast mir davon geschrieben. Deine Philosophie, ich will das gar nicht leugnen, sie quälte mich. Und dann die kleine Hure, dies badische Pupperl — wo ist sie geblieben? Hab' ich dich nicht vor ihr gewarnt? Ich kann mich täuschen. Sie hat dich getäuscht. Aber — vorbei, Niembsch, da sitzt du und siehst mir beim Sterben zu, nicht mehr ganz jener und noch nicht dieser — soll ich dir helfen? Spielen wir Theater, Niembsch — nein, ich gebe es auf, ich bin ein bißchen verwirrt, vorher sagtest du eine Zeile, sie hörte sich hübsch an, sag sie noch einmal, wiederhole sie, aber das ist ja dein Wort, wo du das nur her hast: Wiederholung, nichtwahr, sie wird gleich sein, alle sind sie gleich, die Sätze, die Gestalten, die Frauen, die Liebe — was für eine schändliche Idee, Niembsch, und zu welchem Zwecke. Wolltest du dich oder uns hereinlegen? Wolltest du dich gar finden? Die Schwestern, hatten sie etwas von dir, oder war dein Forscherdrang so heftig, daß du sie während der Liebe vergaßest? Ich rede das so hin: Liebe, und du erwiderst mir nichts und nichts und nichts und sitzest da, starrst auf den Boden, dir fahren vermutlich die Wörter im Kopf herum, die »Wiederholung« und der »Stillstand«, der ist schon vernünftiger, Niembsch, von dem kann ich dir erzählen — aber ob du ihn durch solches Experimentieren, welches das Gleiche an Gleiches reiht, erreichen wirst, Niembsch, ob das vom Schluß her nicht gänzlich verändert aussieht? Hattest du mich nicht geliebt, so wie die Schwestern, so wie Juliette, leugne nicht, Niembsch, dreh dich nicht aus der Wahrheit, die Brust, es drückt mich hier, öffne das Hemd, das ist schon tot, das Fleisch, leg deine Hand, hierher, ja, hierher, es ist matt, beginnt falsch zu duften, nicht mehr, wie ich es will, der Tod parfümiert nach eigener Laune, ich sagte, nein, ich möchte nicht abschweifen, Niembsch, Nikosch Niembsch, nicht, war Juliette ein Ausbruch gewesen, wolltest du dich deiner Aufgabe entziehen? hast du Giovanni verlassen? Du sagtest mir in Prag —

Wir sind nie in Prag gewesen, zusammen, Karoline —
Nicht?

Nein.

Bist du sicher?

Ich würde mich dessen entsinnen —

Du erinnerst falsch, nie in Prag gewesen, zusammen,
wie du das wegwischst, die ganze Stadt mit — nie?

Doch so ist es, Karoline —

Gib deiner Phantasie nach!

Weshalb?

Du hast ihr immer nachgegeben. Du bist deinem
Wahn nachgeeilt, weil du vor dir selbst keine Ruhe
hattest, weil deine Brust aufgerissen stand und keiner die Wunde zu heilen vermochte, weil deine Gedanken Tag und Nacht tobten und deinen Geist, der
hell und sanft geboren wurde, allmählich ruinierten.
Das nicht mehr, nein, nein, dachtest du und folger-
test, daß es ein Stadium geben müsse, das, vor dem
Tod, Stille verheiße. Und du rangst mit Hilfen, mit
Figuren, ein Narr, Niembsch, und dennoch bist du
weit gelangt, ich sehe dich fast am Ziel, ich reiße dich
mit, du wirst sehen, nein, du wirst nicht sehen, du
wirst den Rausch des Stillstands wortlos empfinden,
allem und allen entrissen, dann wirst du mein sein,
unverlierbar, Niembsch, auch das ist ein Triumph, zu
spät. In Prag, an welches du dich nicht erinnerst, begegnete ich, wir? Niembsch, nicht doch: wir? begegnete ich, ach, was bin ich müd' —

Sei ruhig, Karoline, müh dich nicht.

Ich müh' mich nicht. Jetzt hab' ich ein Gefühl, gerad,
als ob du zu mir ins Bett kämst.

Ich bitte dich, Karoline, hör auf.

Gut, hören wir auf. Fangen wir an. In Prag, wo du nicht dabei warst, nach deiner Aussage, wo du dabei warst nach meinem Gedächtnis, das tief dringt, sucht und findet und Staub aus vergessenen Ecken bläst und Gestalten hochwirbelt, mein Gedächtnis: sichtet und schichtet und findet und alles auf einmal hat, gehäuft übereinander, jeden Geschmack, mit zwanzig, oh Kind, willst ihn heiraten und den Zigarrenrauch danach im Zimmer, es war Otto gewesen, Hascherl, sei lieb, war ich vier? bin ich vier? ich bin vier, Hascherl, iß nicht von dem Gebäck, das ist für die Großen und Anis im Mund, ui! und der Duft von Großmutters Lavendel, heutzutag duftet Lavendel nimmer so, anders, und was ist das: heutzutag, meinertag, alles zusammen, und die Gesichter, lassen sich abtragen, schälen, lieb hab' ich sie alle nicht, das ist vorüber, nur deines noch, kommt, ein Buberl, fürchtet, angesteckt zu sein von irgendeinem Wiener Hürlein, die venerische Krankheit, hat sie nicht, schlaft mit der älteren Frau, ein Geruch nach Schweiß und Kognak, hast ihn gern getrunken, oder Genever, von Otto, aus dem braunen Schränkchen, nebeneinander, alles, dieser und dieser, willst sie nicht küssen, Linerl, sind deine Nächsten, nein, lieber nicht, dann fallt es fort und ich kann nix mehr sehn —
Karoline, hörst du mich?
Gut, Niembsch, mußt nicht so furchtsam schrein. Gell, jetzt bin ich dir über, zum ersten Mal, aber gleich wie!
Mir ist der zweite Satz eingefallen, weißt du, von dem Gedicht vorher —
Das nicht von dir ist, Niembsch.

Ja.

Sag ihn.

»Wie sanfte Abende am Meer«

Und wie ist der erste gewesen, er ist mir entfallen, hübsch.

»Dein Haar hat Lieder die ich liebe«

Dein Rotschopf.

»Wie sanfte Abende am Meer«

Aber am Meer sind wir nie miteinander gewesen, Niembsch, in Prag schon.

Erzähl mir von Prag, Karoline, jetzt ist mir unsre Reise gegenwärtig.

Von Giovanni war hier die Aufführung. Aber das nicht. Du nahmst ihn an. Du wolltest den heimtückischen Gesellen. Das ist's gewesen. Plötzlich, auf dem Wenzelsplatz oder auf der Brücke, wo die Heiligen übers Geländer spazieren, dort, du rissest mich am Arm: Giovanni, schriest du, und ich fragte erstaunt: wo? Sei nicht blöd, herrschtest du mich an. Der Traum, die Realität, beides, in einem! Und schienst mir dermaßen verzückt, wanktest, ich mußte dich halten, warst einer Ohnmacht nah, da ist der Teufel in dich gefahren, Niembsch, erhielt deine Sehnsucht dämonische Gestalt, sie reichte über die Poesie hinaus, über die Liebe auch, Niembsch, schade, und da siehst du mir beim Sterben zu. Wissen möcht' ich noch, Nikosch, was er dich gelehrt hat, Giovanni, obgleich, ich könnte dir's vorsingen, wenn ich bei Stimme wäre! Ich nehm' es dir alles ab, Lieber.

Sie nahm seine Hand, zwinkerte mit den Augen, die Krähenfüße brachen munter auf, er sprach nicht, ihre Stimme, nun: Verlaß dich nicht auf mich, Niembsch, ich kann dich in die Irre führen, lauf davon, wenn dir's besser paßt, nicht auf mich, trügerisch auch das, schieb deinen Stuhl ein Stück näher, so, gut, nicht auf mich, Niembsch, ich habe dich ja geliebt, du hast es erfahren, es war mir Ernst gewesen, nun noch mehr, kein Adieu, das ist so schwierig nicht, wie ich dachte, gewaltig, ist ein besseres Wort, rück ein Stück näher, gut so, Niembsch, rede halt, laß mich nicht im Schweigen verkommen, du Ärmster, leg Bericht ab vom Giovanni und von der Zeit, hörst du, das ist auch so eine Sache, wieviel, zuviel, könnten wir es nur in Musik setzen, die armseligen Worte, die gebrechliche Grammatik, alles nur Hilfen, mehr nicht, aber das hast du gesagt, nicht ich, soll ich betteln müssen, Niembsch, nicht ich, eine andre wohl, nicht ich, red —

Er legte seinen Kopf auf die Spitzendecke, sah von unten auf ihr Gesicht, ihr rundes, lustiges Kinn, nicht welk.

Ich hab' ihn geschrieben, den Juan, er ist mir nicht gelungen, schade drum. Ich sehe ihn, in diesem Zimmer, zu unserer Stunde, es ist doch unsere?, verändert, nicht jene Wirklichkeit, die ich ihm zugemessen hatte, welch ein Irrtum, keine Zeile enträtselt, und das erforschte ich doch: Wohin wird er gelangen können, ein monotoner Reigen, was treibt ihn dazu (und mich), peinigt ihn Eros?, ich bin unsicher geworden, Karoline, du hast daran schuld, aber eines ist gewiß, er brach sehr bald aus dem Zeitwissen aus, es war ihm nicht mehr bedeutsam, er verlor die Stunden, die Tage, die Jahre, er lebte dahin, liebte dahin, aber wofür? Hilf mir. Du hilfst mir. Ich rufe ihn uns

her, er tritt auf, er ist nicht alt geworden, er wird nie
alt werden, ihn bedrückt unsere Traurigkeit nicht, du
solltest mich aufklären, Juan, tritt auf, groß gewach-
sen, wie schön er ist, aber im Gesicht jener abwei-
sende Zug, der mir Furcht einjagte, wenn ich mich
mit ihm unterhielt, die Abweisung: laß ab von dem,
Juan, die Wendung muß eintreten, dazu habe ich
dich geholt, du verbeugst dich, vor ihr, nicht vor mir,
sie erkennst du, wischst, mit der Hand, durch die Luft:
Welches wollen wir gelten lassen, Niembsch, höhnt
er, dieses, das in einer Gestalt sich festigt und den
Tod uns als Sühne auferlegt, den Schmerz, den Verlust, das ist mir fern; nicht dieser, Niembsch, und
jener, der Namenlose, allüberall gegenwärtig, in der
Welt, aus der Welt, vielleicht der, ein großes Loch, in
das wir haltlos stürzen, ein Nichts, das die Zeit ein-
saugt, einen langen dünnen Faden Leben, unersättlich, mag sein, jener, Niembsch, fassen wir uns, seien
wir nicht ehrfürchtig, dazu sind wir nicht geschaffen.
Was wünschest du dir, Juan, erkläre dich endlich.
Nichts, Niembsch, alles, Niembsch. Auch Karoline,
aber sie verläßt uns, sie hat uns bezwungen, dich
und mich, sie ist uns Lehre genug. Laß ab von ihr.
Sie zerstört dich, deinen Willen zur Wiederholung —
hast du ihn dir nicht eingegeben? Ein anderer, Juan,
er ist dir vertraut. Vertraut, mir? Auch nur einer?
Geh, scherze nicht! Ich habe mich getäuscht, Juan,
dich gleichermaßen. Die Wiederholung war ein Irrtum, sie führte uns richtig, aber sie versperrte mir
das Ende. Bist du dessen sicher, Niembsch, erinnere
die Leiber, benenne sie, gib ihnen Namen, vermagst
du es? ich kann es nicht. Wer ist mir Elvira, wer

Anna und Zerline, — Elvira, Karoline, Margarethe, Juliette, Niembsch, halt sie auseinander, sie schweißen sich zusammen, untrennbar, fatales Sinnbild der Wiederholung, Eros hat uns verstoßen, wir haben ihn entlarvt, nun raubt er dir Karoline, mir — ein Trug, du kannst mich nicht überreden. Schau sie dir an, Giovanni, du wendest deinen Blick ab. Ich kann nicht, will nicht, Niembsch. Die ist uns über. Die hat uns begriffen, hat mit uns gespielt, mit dir. Nein!

Karoline fuhr hoch: Jag ihn weg, er beleidigt uns. Er ist der Falsche.

Und der richtige, Madame? Verleugnen Sie beide, ihn, mich?

Treib ihn aus, Niembsch, er ist ein schlimmer Geist.

Nur ein paar Worte noch, Niembsch, bald wirst du sie ohnehin verlieren, ich sehe dich an der Grenze, welche nie die meine war: Die Zeit, du hast sie überlistet. Willst du sie dir zurückgeben lassen von diesem sterbenden Weib?

Das ist ein Irrtum, Juan, sie löst sie von mir ab.

Kann sein, Niembsch, aber was dann? Die Reglosigkeit, der Stillstand, die Erfüllung? Wessen, zu wem, für wen? Ich habe nie gedacht, ich habe gelockt und nicht geläutert, ich habe geliebt und so auch gelebt, ich habe nichts verloren, nicht mich, die andern waren es gewesen. Da brach aus meiner Brust der Rest von Fühlen und wurde ersetzt von Wissen, das ist zweierlei, Niembsch, du hast es nie begriffen, wirst es nicht. Fahr hin ins Schweigen, in die sprachlose Narrheit. Ich schelte es Anmaßung, wie auch immer du es verhüllst. Er verschwand. Wo er gestanden hatte, hielt sich hartnäckig ein überredender Duft, iberische Rosen und der Schweiß von Kavalieren.

Die Nacht vor dem Fenster, ein Tintenmeer, wolkig, und Farben durchwandern es: Lila sehr häufig, ein schales Rosa, ein vergilbtes Gold. So sehen Zeitalter aus, wenn man sie liest. Niembsch trat ans Fenster, schließt die Augen. Karoline sagt:

Er hat dich verraten, ihr wart nie einer gewesen, Niembsch, dir mangelte das Selbstvertrauen, ihm der Kopf. Seine Schönheit —

Sie sank zurück, ihr Gesicht verblich,

Seine Schönheit?

Er ist ein Mann, Niembsch —

Und die Schönheit?

Sie redet in uns Frauen —

Wie das?

Von selbst, von Anfang an, es ist unsere Stimme —

Darum die Wiederholung —

Das wäre eine Verletzung der Seele —

Was meinst du dann?

Das Geschlecht, nur das?

Und die Spannung —

Und das, worin wir uns befinden —

Befanden, Karoline —

Das ist wahr, Niembsch. Jetzt laß mich eine Weile schlafen. Sie schlief ein, er setzte sich auf die Chaiselongue, zog die Knie hoch, verbarg den Kopf. Der hatte ihn endlich aufgegeben, er auch ihn. Eine Maskerade? Gibt es das? Läßt sich Philosophie zum Schluß bringen? Ihr werdet lachen, ja.

Eine andere Stimme, die dann und wann sich einschalten will, aber die beiden hörten nicht zu: Sie stirbt, Niembsch, du bist nicht aufmerksam genug, steh auf und schau zu, wie sie stirbt. Er steht nicht auf. Schläft er? Und alle würden ihn (die Stimme weiß es, sie redet voraus) fragen: warum schweigst du, Niembsch? Es gibt zu viele Erklärungen. Auch das, was hier geschrieben wird, ist nur eine von mehreren. Eine Variante. Eine Variante, welche die Musik fordert, eine Variante, welche die Musik nicht erhält. Steh auf, Niembsch. Er schläft nicht. Er regt sich. Die eine Kerze ist fast abgebrannt. Das sieht er jetzt. Er wird die andere anzünden an der Flamme der abbrennenden. Ist es noch Niembsch? Er wird nicht antworten, dennoch werden wir es erahnen: Was er begonnen hat, nachdem sein Ende umschrieben wurde. Es ist schwieriger. Einfacher ist es, die Nacht vorm Fenster zu schildern, die Windfänge der Bäume, die Bewegungen der Gestirne, schon versagen wir, aufgefordert, den Atem Karolines zu sagen, da steht er auf, Niembsch, zündet das eine Licht am andern an, beugt sich über sie, doch er erschrickt nicht, er hat gewartet, beugt sich, erkennt die Veränderungen in dem Gesicht. Er verfolgt sie Linie für Linie

das Gesicht liegt zur Seite, ihm zu. Er sieht es im Profil. Nicht eine Andeutung von Atem trägt Regung unter die Haut. Das Gesicht stirbt langsam. Der Tod steigt von der Kehle hoch. Der Hals faltet sich, die Haut erschlafft, die Sehnen drängen durch, die Farbe der Haut dunkelt nach, dann wiederum, überraschend, stoßen helle Felder ins Pigment. Kein Atem. Aber sie atmet. Er greift nach ihrer Hand. Sie ist warm. Ist sie warm? Sie ist lau. Fällt herab, dallt in die Decke. Das Kinn wird erreicht, es wird spitz, war es je rund?, die Knochen werden scharf, drängen an die Haut, das Fleisch gibt nach, auch hier dunkelt die Haut, aber ihr Mund, der wird nicht aufgeben, der Mund nicht, die Lippen sind um einen Haarspalt geöffnet, der Spalt wird breiter, Speichel tropft aus dem Mundwinkel, sie röchelt, schließt und öffnet den Mund, über das Gesicht jagen hastige Qualen, es entstellt sich, nicht mehr ihres, doch: Karoline!, sie reagiert nicht, er streicht über die Backen, sie schrumpfen, die Haut läßt sich über dem brösligen Fleisch hin und herschieben. Karoline, du bist schön gewesen. Er küßt sie, ihre Lippen sind fest, schmiegen sich nicht an, er setzt sich an das Bett, versucht, die Lider hochzuziehen, aber die Häutchen werden von einer großen Kraft geschlossen gehalten, Karoline!, einen Wimpernschlag sah er die Iris, milchern, blicklos, stumpf, nach innen gerutscht, verloren, er haucht ihr auf die Stirn, die Nasenflügel brechen ein, er hatte sie beben gesehen, zornig und glücklich, die Verbindung zur Stirn bricht ab, er sieht sie, sieht sie nicht, sieht sie, sieht Mama, sieht sich, sieht sie, Mama, sie hatten ihn geholt, er hatte im Caféhaus gesessen, beeilen Sie sich, Ihrer Frau Mutter geht es nicht gut, wieder ein Bruchstück Theater, heute früh ging es ihr vortrefflich, aber du bist doch gar nicht dabeigewesen beim Tod deiner Mutter, doch, hatten ihn aufgefordert, sich zu beeilen, das Zimmer, unordentlich wie stets, diese Schlampe, schmutzige Wäsche auf den Holzstühlen, der Arzt, ein geschrumpfter glatzköpfiger Mann, ein mißratener Komödiant, er paßt her, zupft ihn am Ärmel, nimmt ihn zur Seite, der Frau, es ist Ihre Mutter, vermute ich?, ist nicht zu helfen, einige Minuten noch, ein Schlag, sie röchelt, laut, stöhnt, er geht zum Bett, sie trägt ein wollenes Nachtgewand, das Gesicht, nicht ihres, viel jünger, so hatte er sie nie gekannt, sehr hübsch, kokett, du wirst so aufreizend nicht sterben wollen, Mama, so verlockend, aber da keucht sie auf und sinkt ab, in sich zusammen, und der Arzt, an seiner Seite, zupft ihn, Sie sollten, mein Herr, hinüber schauen, ins andre Gemach, darf ich Sie führen?, ein Herr, Ihr Vater, nehme ich an, ein trauriges Zusammentreffen, — aber ich habe ihn seit Jahrzehnten nicht gesehen, er wird längst tot, verscharrt sein, ein Tunichtgut, — Ihr Vater, vermute ich, dennoch, zieht ihn, macht die kreischende Tür auf, dort! und weist auf ein hochgestelltes Bett, darauf liegt einer in Uniform, ein blutunterlaufenes Gesicht, entsetzlich verquollen, lieber Himmel, sagen Sie mir, wann ist der gestorben, vor vierzig Jahren, erwidert der Arzt, etwa, genau ist's nicht festzustellen, ich will ihn nicht sehen, wendet sich ab und der Glatzkopf fährt ihn an, doch, es ist Ihnen befohlen, wenn ich Sie bitten möcht', von wem?, was weiß ich, treten Sie näher, die Schwellungen lassen mit der Zeit nach, gewiß, keine schöne Leich, aber die Zeit, bedenken Sie, er war bei den Panduren, der Tschako ist auf dem Nachttisch aufgestellt, die Pumphosen, er ist ihm nachgerannt, ein Hundsfott, aber das war nie und nimmer der Vater gewesen, es handelt sich nicht um die Uniform, werter Herr, belehrt ihn der Doktor. Und wann ist die Bestattung? Nicht der Rede wert. Nicht hier hinaus, dort und im Gang lehnt einer,

atmet schwer, ein Spitzentuch vorm Mund, der ist
Ihnen bekannt, eine Vorstellung erübrigt sich, Para-
lyse oder ähnliches, unheilbar, moribundes Gestell,
so also kann es enden, Giovanni, in einem mit
Schmutz getünchten Hausgang, Urinschwaden und
das Geschrei von Halbwüchsigen auf der Straße. Helfen Sie mir, lieber Niembsch. Er fährt zurück. Ich bin
der Ihre. Der meine? Der deine. Meine Kleidung ist
verdreckt, mein Schlund blutet, ich hatte nie erwartet, solches erdulden zu müssen. Wie kommen Sie
her, Graf? Ich bitte Sie, eine Frage, das Weib. Welches? Bringen Sie mich nicht durcheinander, ich bin
es eh' schon. Zu spät. Zu früh, wenn nicht das. Kann
sein, Niembsch, lassen Sie, Niembsch, dem da drüben geht es auch nicht besser, und bemerkt, endlich,
den jungen schlanken Mann, in einer Nische zusam-
mengesunken, neben einem Kehrwisch, ein Ungar,
erläutert der Arzt, hat sich angesteckt, diese Handvoll Lust und alles vergebens. Schad' um ihn.
Niembsch geht auf ihn zu, erreicht ihn nicht, streckt
den Arm aus, berührt ihn nicht, der Gang ist breiter,
als er gedacht hatte, schaut zurück, weit entfernt
sieht er den Arzt, der — dieser Schwächling — den
Leib Juans aufnimmt und ihn ohne Mühe davon-
trägt, die Arme baumeln, der Kopf, die Zunge hängt
aus dem Mund, so leicht, sagt er.
Karoline beginnt zu lächeln. Das zerstörte Gesicht
strafft, öffnet sich, als habe es auf dieses Lächeln gewartet.
Er flüstert: Karoline. Sie sagt, mit geschlossenen
Augen: Gut, Niembsch, ich höre dich, aber da fühle
ich schon alles auf einmal.

Was meinst du?

Alles, Niembsch, es ist wunderbar. Es wird rund, ich kann es in der Hand halten, es hat kein Gewicht.

Was, Karoline?

Alles.

Die Zeit?

Die ist nur eine Zeile, Niembsch, sie ist nicht notwendig, hier.

Er zwängt sich nach. Sein Bewußtsein dröhnte unter der Anstrengung, die er ihm auferlegte.

Sprich weiter, Karoline.

Nein, Niembsch.

Ist es aus?

Nein, Niembsch.

Das Lächeln wurde fest, es füllte jede Fuge des Gesichtes aus. Etwas brach in ihm, eine Fessel, es schleuderte ihn voran, aus einem furchtbaren, die Welt erfüllenden Donnern destillierten sich einige Tropfen Stille. Er wußte, er würde sie bewahren können. Die Bewegung hatte aufgehört. Seine Gedanken, die flimmernden, die unsteten, sanken hinweg und überließen sich einer ordnenden Musik. Sie wiederholte sich ununterbrochen, aber ihre Schönheit litt nicht. Er erkannte sie alle ineinander, sich selbst. Sie schwiegen. Ihre Bewegungen waren von unfaßbarem Gleichmaß. Vielleicht hatte er das Ziel erreicht. Er gab nach. Er preßte die Lippen zusammen, dann löste sich sein Gesicht, über seine Augen wanderte ein Schatten, der in dem nachfolgenden Licht verging.

Die Sieferl fand ihn auf dem Bett neben der Frau.

Ist sie tot? fragte sie ihn.

Er sagte: Gewiß, und sie schauderte vor dieser anstößigen Heiterkeit.

Zarg grüßte die Tote und bemühte sich später um Niembsch. Er sprach nicht.

Am nächsten Morgen, als Zarg schon nach Stuttgart depeschiert hatte (»Es ist anzunehmen, daß Karolines Tod den ohnehin angegriffenen Geist unseres Freundes endgültig zerrüttet hat. Seine heitere, gelassene Gutwilligkeit wird Sie erschüttern, wie sie mich ergriff«), begannen die Lippen Niembschs zu beben, Zarg, in der Hoffnung, er würde reden, kniete vor ihn hin, sagte, sie ist tot, Niembsch, doch sie ist wunderbar gestorben, frei, Sie waren ihr Hilfe gewesen, sagte, in einer Sprache, die Niembsch nicht verstand: okaiton, elwaian o sandan kisaren un Ödenburg. Die Helligkeit in Niembschs Blick ließ nicht nach. Zarg erinnerte sich ihrer Zeit seines Lebens. Als einige Tage darauf der Reisewagen kam, Gustav Winterhalter ausstieg, und, nach einem Imbiß, die Rückreise angetreten wurde, führte Zarg Niembsch die breiten Stiegen vorm Haus hinunter. Niembsch ging unbeschwert, auf seinem Gesicht stand ein Hochmut, der niemanden herausforderte.

Anselm Schlorer, zu Gast in Stuttgart und, zufällig, in den Kreis der Freunde um Niembsch geratend, bemerkte, absichtslos und dem Gespräch eine eigenartige Wendung verleihend, auch er kenne den Herrn, von dem man sich hier Rätsel zuflüstere.

Das kann nicht möglich sein.

Zwar flüchtig, doch ich kenne ihn. Ist's eine Schande? Ganz und gar nicht.

Nun, dann sei er getröstet und wolle erzählen; er sei, auf der Heimreise aus Amerika, dem Herrn von Niembsch auf dem Schiffe Atalanta begegnet, und ihm sei heute noch auf eigenartige Weise schwindelig, gedenke er der Gespräche, die sie geführt hätten.

Waren schon Anzeichen zu erkennen, wurde Schlorer gefragt.

Anzeichen? Wovon?

Nun, daß sich sein Geist verdüstere oder erhelle — das ist gleich.

Wie soll ich das verstehen?

Er begriff die Andeutungen nicht, und niemand war willens, auch Roller nicht, der das Zusammentreffen sichtlich genoß, ihn aufzuklären.

Was hat er denn zu sagen gewußt?

Ich erinnere es nicht mehr genau. Tiefsinniges wohl, denn es bewegte mich einige Zeit.

Aber Sie verloren es dann aus der Erinnerung?

Mein Metier ist nicht die Poesie, auch nicht die Philosophie, stammelte der ahnungslose Mann.

Kein Gedanke, nicht ein einziger, hat sich Ihnen bewahrt?

Vielleicht, ich will nachdenken, es ist eine komische Engländerin gewesen, die ihn zeitweise belästigte, und der Kapitän berichtete von einem Untergang, der ihm fast das Leben gekostet habe. Er habe — ja, das klingt in mir wieder, jetzt — den Tod gefühlt.

Gefühlt?

Niembsch erkundigte sich nach dem Gefühl, dringlich, und verärgerte damit den biederen Mann.

Und sonst? Nichts, gar nichts?

Er hatte seine Schrullen, doch Sie kennen ihn, durchaus eine noble Erscheinung, die Aufsehen auf dem Schiffe machte, freilich weltfremd, wenn ich mich damit geziemend ausdrücke, ein berühmter Mann, — wie geht es ihm im übrigen?

Nicht übel, Herr Schlorer, doch fahren Sie fort —

Das ist nun alles.

Bemühen Sie sich.

Ach ja: Er redete von einem Musiker, einem weibstollen Spanier oder Italiener, einem Südländer jedenfalls, der ihm in Amerika über den Weg gelaufen sei, ein Mann, der ihm Eindruck gemacht hatte, er schilderte ihn als einen Dämon — nein, das ist schon zu viel. Genügt es?

Lassen Sie sich nicht entmutigen, wir sind erpicht, von der Seereise unseres Freundes Niembsch zu hören.

Er wirkte müde und nachlässig. Gleichgültig, das ist ein zutreffendes Wort. Und zugleich haftete Jugend an ihm, er flößte mir Zutrauen ein. Und diese Ferne —

Welche Ferne?

Eine Distance eben. Ich bin nicht unbefangen gewesen. Er sprach auf mich ein. Ich hörte nicht zu. Was war da auch zu begreifen? Er schien mir verwirrt. Er brauchte ein Gegenüber, mehr nicht.

Und?

Es ist alles, wahrhaft alles.

Denken Sie nach, wir bitten Sie dringlich.

Warum? Es ist ohnehin nichts der Mitteilung wert. Ich erinnere nichts mehr. Nichts. Ich versichere es Ihnen. Eine Reisebekanntschaft. Ein seltsamer Mensch, berühmt, gewiß, doch ein wenig skurril und benommen —

Benommen — schien er Ihnen so?

Nun ja, oder auch anders. Das ist lange her. Verstehen Sie mich denn nicht? Ich traf ihn auf der Reise. Wir unterhielten uns. Sie mögen recht haben mit Ihrem Drängen. Plötzlich, nicht daß ich seiner Worte achtete, veränderte sich meine Stimmung. Er reizte mich, ich weiß nicht, auf welche Weise, dazu an, meine Pläne aufzugeben: ich wollte nicht nach Hause fahren. War es so? Täusche ich mich? Sie verwirren mich. Lassen wir's. Sie sagten, es gehe ihm gut. Empfehlen Sie mich ihm. Er wird sich meiner nicht entsinnen. Oder es kann sein, doch. Vielleicht. Nur ein Gruß. Es geht mir wohl.

Er saß, ohne sich zu regen, ging umher. Schaute nicht. Sie brachten ihm das Essen.

Er kleidete sich an.

Der Morgen.

Der Mittag.

Der Abend.

Die Nacht.

Die Tage.

Die Jahre.

Er setzte sich ans Fenster und sah hinaus und sah nicht hinaus.

Sie fanden, daß sein Lächeln freundlich und ohne Torheit sei. Eine Erscheinung von ferner Noblesse.

Er war zärtlich zu nichts.

Seine Lippen waren feucht, als wüßten sie noch, was Sprache ist.

Er redete nicht.

Seine Blicke rührten Gegenstände und Menschen nicht an.

Sie kamen zu ihm.

Sie gingen durch ihn.

Sie verloren ihre Namen, ihr Wesen.

Sie waren in ihm, sind es.

Sie sind leicht.

Da und nicht da.

Stimmen und stumm.

Leicht, sehr leicht und hell.

Sie besuchten ihn.

Sie gingen wieder.

Manchmal kamen alle.

Immer wieder
und wieder,
nicht wieder,
Wieder